대통령님,
촬영하겠습니다

대통령　　　님,
촬영하겠습니다

노무현 대통령 전속 사진사의 부치지 못한 편지　　글·사진 장철영

이상

보고 싶습니다.

이제 그만 잊을 때도 되지 않았느냐고 할 때면 더욱 당신이 그립습니다.

님이 그리워 혼자 걷다가 눈물이 나서

다시 차 안에 들어와 엎드려 웁니다.

이 글을 쓰면서도 님이 보고 싶어 눈시울이 붉어집니다.

늦어도 3년만 기다리시면

봉하에 내려가 사진으로 모시겠다고 약속했는데…

마지막을 함께하지 못한 제가 어리석어 또 눈물이 납니다.

3년상이 지나면 잊으리라 생각했지만 쉽게 잊히지 않는군요.

요즘도 봉하에서 여사님을 뵙고 돌아설 때면 자꾸 눈물이 납니다.

뭐가 그리 서러운지 혼자 또 웁니다.

님의 모습을 사진으로 담은 저에게 님은 많은 것을 주셨습니다.

항상 님의 곁에 머물며 배우고 느끼고 깨달았습니다.

님과 함께 했던 그 시절이 무척 행복했고 님이 마냥 좋았습니다.

맑고 따뜻한 님 곁에서 한없이 즐거웠습니다.

이 책을 쓰기 위해 다시 님의 사진을 꺼내어 봅니다.

사진을 정리하다가 마음이 울적해지면 술을 먹어도 취하지 않고,

누군가의 사진을 찍을 때면 당신으로 착각해 또 괴로워합니다.

보고 싶고 그립습니다.

우리, 언젠가는 다시 만나겠지요.

꿈에서라도 다시 만나면 항상 곁에 있겠습니다.

이제 제가 하고 싶었던 이야기를 사진과 함께 시작할까 합니다.

끝내 하지 못한 마지막 이 한 마디, 나지막이 되뇌어 봅니다.

"대통령님, 촬영하겠습니다."

차 례

끌림

1.

순방 다녀오는 길에 잠시 경유지 하와이에 머물렀습니다.

하와이에서 행사를 모두 마치고

공항 가기 전 여유가 있어 님과 함께 해안도로를 따라 이동했죠.

이동 중 잠시 차에서 내려 바람의 언덕을 보고

기념사진 한 번 찍자는 소리에 쏜살같이 달려갔지요.

배경은 좋은데 역광 때문에 자리가 마땅찮았습니다.

님이 '어디에 서면 되지'라고 하셨고

전 역광이지만 좋은 곳을 추천했죠.

다른 사람들은 역광이라고 하면서 다른 곳에서 찍자고 했습니다.

그런데 님께선 이렇게 말씀하셨죠.

'당신들이 사진사는 아니잖은가?

프로가 여기 서라는데 와 그리 말이 많노,

난 프로가 하라는 대로 할기다.'

전 그 순간 저를 인정해주시는 님의 말씀에 잠시 목이 메었습니다.

감격의 눈물이 핑 돌았죠.

또 다시 이동 중 바닷가를 배경으로 사진 한 번 찍자고 하셨고

내리자마자 '아, 눈부시다'며 선글라스를 끼셨죠.

님은 그렇게 작은 사람의 의견도 존중하고 배려했습니다.

그런 배려와 존중은 마음에서 우러나오고 몸에 밴 습관이었습니다.

님의 그 한 마디에 저 같은 기술자들은 감동을 받는답니다.

2004년 11월 22일 하와이 호놀룰루

2

필리핀 세부에 도착했어요.

여행자들에겐 관광지이지만 님과 우리들은 중요한 일정이 있었지요.

날씨가 무척 후텁지근해서 움직이기조차 힘들었습니다.

공항에 내리자마자 너무 더워 재킷이 다 젖어버렸지요.

숙소에 도착했을 때 경관이 아름다워서 님의 사진을 찍고 싶었죠.

님도 숙소로 들어가자마자 인테리어가 훌륭하다고 말씀하시며

재킷을 벗으시고 양치질을 하려고 세면대로 가셨습니다.

저는 이때를 놓치지 않고 연달아 셔터를 눌렀습니다.

지금 생각하면 참 무례했지만 저는 님의 모든 순간들을 담고 싶었죠.

아니나 다를까 바로 얘기를 하시더군요.

'여보, 퇴임하면 비서랑 사진사, 경호원들 빼고 둘이서만 여행 다닙시다,

양치질 하는 것까지 따라다니며 찍으니…'라고 웃으시며 얘기하셨죠.

2007년 1월 13일 필리핀 세부

2007년 1월 13일 필리핀 세부

님께서 그렇게 가벼운 농담으로 핀잔 아닌 핀잔을 주실 때마다

저는 웃음이 나오면서도 행복했습니다.

만약 대통령의 '은밀한' 사생활을 찍는다고 정색하며 나무랐다면

저는 님의 다양한 모습을 사진으로 담지 못했을 거예요.

그렇게 재치 있는 말씀들 덕분에 저와 함께 일한 청와대 식구들은

모두 즐겁고 편안히 님을 모실 수 있었습니다.

저는 어떤 대통령이 훌륭한 지도자인지는 잘 알지 못합니다.

하지만 님은 훌륭한 지도자이기 전에

저 같은 평범한 사람도 소중히 여기고 공감할 줄 아는 분이었습니다.

사람을 대하는 마음을 가르쳐주신 님께 늦게나마 감사드립니다.

저는 어떤 대통령이
훌륭한 지도자인지는 잘 알지 못합니다.
하지만 님은 훌륭한 지도자이기 전에
저 같은 평범한 사람도 소중히 여기고
공감할 줄 아는 분이었습니다.

3.

어느 날 님께서 청와대 본관에 들어서다가 갑자기 여사님을 보면서

2부속실(영부인 담당 부속실)과 집무실은 어떤지 한 번 보자고 하셨죠.

여사님은 쑥스럽다는 듯이 웃으시며 안내하셨습니다.

님은 '내 집무실보다 더 좋다'며 농담하셨죠.

들어가는 복도에 걸린 역대 영부인 사진을 훑어보다 여사님 사진 앞에서

'뽀샵을 너무 한 거 아이가'라고 여사님을 놀리셨죠.

그리고 집무실에 들어가 보시더니 '쪼매하네'라고 하셨습니다.

탁자에 손녀 사진이 올려진 걸 보시며 빙그레 웃으시더니 소파에

앉으셨죠.

그러곤 '담배 있나?' 하셨고 다들 눈치를 보며 '아뇨'라고 했습니다.

여사님께서 담배 냄새를 싫어하시고 게다가 거긴 여사님 집무실이니까요.

'님이 담배를 달라고 하면 없다 하라'고

여사님께서 비서들에게 지시하신 모양입니다.

그런데 저는 그것도 모르게 그만 '여기 담배 있습니다'라고 해버렸죠.

순간 따가운 시선이 모두 저에게 쏠렸습니다.

저는 그때서야 분위기를 파악하고 안절부절못했습니다.

이미 제 손에는 담배가 들려 있었고 님은 저의 담배를 받으셨지요.

담배를 받으시더니 '라이터는 없나?' 하셨고

이번에도 역시 저는 '네, 있습니다'라고 대답해버렸죠.

라이터를 드리려고 손을 내미는데 저는 당황했습니다.

어처구니없게도 '○○ 노래방' 상호와 전화번호가 찍힌 라이터였습니다.

'우짜면 좋노' 가슴이 덜컥 내려앉았습니다.

님은 라이터를 한참 쳐다보시더니 빙그레 웃으시며 불을 붙였죠.

순간 등골에서 식은땀이 흘러내렸습니다.

그래도 사진은 찍자며 카메라 셔터를 연신 눌러댔습니다.

찍는 내내 주위의 시선이 따가웠죠.

이미 엎질러진 물이니 찍고 나서 혼날 각오를 했습니다.

2007년 5월 2일 제2부속실 여사님 집무실

님이 집무실로 들어가시고 저는 부속실로 불려갔습니다.

평소 친하게 지내는 비서관 형들이 저를 나무랐습니다.

'너 미쳤어? 여사님께서 담배를 얼마나 싫어하는지 몰라?

우리가 담배 없다고 하면 눈치 챘어야지. 그리고 라이터는 그게 뭐냐?…'

그 뒤로 저는 버릇이 하나 생겼습니다.

제가 쓰는 라이터와 별도로 한 쪽 주머니에 새 라이터를 넣고 다녔지요.

담배를 피울 때 가끔 라이터를 만지작거리며 추억에 잠기곤 합니다.

4.

님은 담배를 참 좋아하셨습니다.

항상 멀리 가셨다가 일을 마치고 앉으시면 담배를 찾으셨지요.

하지만 아무리 봐도 담배 피우시는 사진은 없었습니다.

그래서 언젠가는 꼭 그 모습을 카메라에 담고 싶었습니다.

어느 날 기회가 왔습니다.

'이때다!' 하고 셔터를 눌렀는데 플래시가 '펑'하고 터져버렸습니다.

님은 깜짝 놀라 쳐다보셨고 당황한 저는 말없이 카메라를 내렸습니다.

저는 말없이 고개를 숙였습니다. '이런 실수를 하다니…'

하지만 다행하게도 님은 아무 일 없었다는 듯이

담배 몇 모금을 더 빨아들이셨습니다.

저는 한숨을 돌리고 다시 카메라를 들어 몇 장을 더 찍었습니다.

님은 그때 '담배 피우는 것을 찍어도 좋다'고 암묵적으로 동의하신 거죠?

그날 이후로 저는 님의 담배 피우시는 모습을

아무 거리낌 없이 찍었지요.

그래서 저의 사진에는 담배와 함께하는 님의 모습이 참 많답니다.

2004년 12월 3일 영국 런던

담배를 피울 때 님은 무슨 생각을 그리 하셨나요?

저는 님의 눈빛, 미소, 얼굴 근육의 떨림까지 렌즈를 통해 바라봤습니다.

담배를 피우시는 동안에도 고뇌, 안도, 상념의 순간들이 스쳐지나갔고

주름 하나하나가 미세하게 변하고 있음을 느꼈습니다.

님께서는 저를 '프로'라고 인정해주셨지만

님의 사진을 볼 때마다 '좀 더 잘 찍을 걸' 하는 후회가 밀려오고

미처 포착하지 못한 순간 때문에 자책합니다.

하지만 저는 세상에서 가장 행복한 사진사였습니다.

님이 세상을 바라보고 품으려는 방식이

얼마나 정의롭고 따뜻한지 잘 알기 때문입니다.

이제는 더 이상 님을 다시 카메라에 담을 수는 없지만

저는 사진으로 그 순간들을 회상할 수 있어 여전히 행복한 사진사입니다.

저는 세상에서 가장 행복한 사진사였습니다.
님이 세상을 바라보고 품으려는 방식이
얼마나 정의롭고 따뜻한지 잘 알기 때문입니다.

5.

호주에서 뉴질랜드를 방문하기 위해 대통령 전용기에서 내려

뉴질랜드에서 보내준 특별기(뉴질랜드 공군 1호기)를 타야만 했죠.

처음으로 다른 나라 특별기를 타면서 님의 자리가 가장 궁금했죠.

외국의 특별기는 어떤 모습일까 하고 말이죠.

막상 타보니 일반 비행기와 별반 차이는 없더군요.

자리에 봉황 커버만 있을 뿐, 뉴질랜드 공군 1호기는 소박했습니다.

스튜어디스 대신 건장한 여성 군인이었다는 게 기억에 남네요.

한두 시간 가량 후 특별기는 활주로에 안착했습니다.

그때 저는 님이 어떤 상황인지 궁금해서 못 견디겠더라고요.

착륙 후 저는 조용히 카메라를 들고 님의 앞 통로에 어색하게 앉았죠.

그런데 갑자기 옆에 앉은 주치의와 대화를 하실 때

재미있는 표정을 포착했습니다.

2006년 12월 7일 뉴질랜드 공군 1호기

'비행기가 높이 올라가 귀가 먹먹할 때 풀 수 있는 방법이 있나요?'

님께서 주치의에게 물으셨습니다.

주치의는 '물을 마시면 좀 나아집니다'라고 했죠.

'저는 코를 잡고 숨을 참은 뒤 숨을 밖으로 뱉거나

하품을 하면 귀가 뚫리더라고요.'

님은 이렇게 말하시며 직접 방법을 시연해 주셨죠.

개구쟁이 같은 표정은 그렇게 촬영된 것입니다.

아무튼 저의 카메라에 잡힌 님의 표정은

생동감 있는 일상의 기록으로 남았습니다.

보통 사람 같으면 자신이 어떻게 찍혔는지 궁금해 할 만도 한데

님은 한 번도 사진을 보자는 말씀을 하신 적이 없었죠.

님이 퇴임 후 봉하에 내려가시고 저는 사진 앨범을 만들어드리려 했죠.

하지만 다음 정권에 인수인계를 위해 남은 저는

끝내 님에게 직접 보여드릴 기회를 갖지 못했습니다.

만약에 님께서 살아계셨다면 혼자만을 위한 앨범이 아니라

사람들과 함께 웃고 추억할 수 있는 책으로 만들라 하시지 않았을까요?

6.

강원도에서 보낸 휴가기간 동안 참 재밌는 일들이 많았습니다.

님은 산을 좋아하셨고 산길에서 만난 나무와 꽃 이름들을 줄줄 읊으셨죠.

저는 생전 들어보지도 못한 꽃과 풀 이름을 들으며 행복했습니다.

우리 강산에 대한 애정이 남다르셨던 님은 산이 있으면 직접 둘러보셨죠.

그때마다 걷는 걸 싫어하는 저는 따라 다니기 버거웠습니다.

님은 휴가를 즐기셨지만 카메라는 무겁고 저는 지쳐만 갔습니다.

님이 휴가를 떠나면 비서진들도 휴가를 가거나 쉬곤 했지만

님의 특별한 배려로 저는 님을 따라 다녔죠.

물론 새로운 곳에서 님과 함께 여유를 즐기는 것은 좋았지만

저의 집에서 저는 매정한 남편, 무심한 아빠였답니다.

5년 동안 가족 휴가를 못 갔으니 말이죠.

이날도 대관령 휴양림 산길을 직접 걸으셨죠.

이리저리 둘러보시다가 잠시 쉬자고 했고 모두들 앉을 곳을 찾았죠.

그런데 님은 갑자기 땅바닥에 털썩 앉아버렸습니다.

경호원들이 놀라 방석을 가지고 가려고 했지만

님은 괜찮다며 바로 신발을 풀어 신발 안에 들어간 돌을 털어내셨죠.

이때도 님은 역시 사람들에게 큰 웃음을 선사했습니다.

바로 발가락양말 때문에 말이죠.

매번 보는 발가락양말이지만 그날은 왜 그렇게 웃음이 나오던지…

땅바닥에 앉아 얘기하면서 자연스럽게 신발 안을 터시는 모습은

그냥 땅바닥에 뒹굴며 놀던 저의 어린 시절 같았습니다.

이런 모습을 '국민들이 알면 참 재미있어 할 텐데' 하고 생각했습니다.

언제나 가식 없는 님의 모습은 사람들의 마음을 무장해제 시켰습니다.

이런 대통령이 또 있을까요?

님은 길가의 들풀마저 사랑하는 마음으로 우리를 아끼시지 않았나요?

밤하늘에서 님을 닮은 별을 찾아 헤매다 들어와 소주 한 잔 들이킵니다.

2007년 4월 28일 대관령 휴양림

7

님의 재임 시절, 하루에도 수많은 시민들이 청와대 경내 관람을 했었죠.

님은 혹 지나가다가 시민들과 마주치면

잠시 차에서 내려 시민들과 인사도 하시고 때론 기념촬영도 하셨죠.

관람객들은 자신의 행운을 여기저기 자랑했을 테고

소문이 나서 많은 분들이 그런 기회를 얻고자 청와대 관람을 했답니다.

또한 청와대라는 곳은 대통령만의 공간이 아니라

국민의 것이므로 국민에게 돌려준 엄청난 사건이었죠.

이 일로 인해 청와대 주변이 걷기 좋은 길로 바뀌었죠.

지금도 매일 많은 사람들이 삼청동을 즐겨 찾곤 합니다.

사진을 촬영한 이 날도 꽤 더웠답니다.

초여름이었고 햇볕이 무척 따가웠죠.

님은 부산에서 왔다는 관람객들과 마주치자 차를 세웠죠.

그분들은 혹 님을 만나면 같이 먹으려고 아이스크림을 사가지고 오셨죠.

님만큼이나 소박하고 정겨운 분들이었습니다.

그 중 한 분이 님께 아이스크림을 드렸고

수행원들이 말리려 했지만 님은 이미 포장을 벗겨 한 입 베어

물었습니다.

'설마 끝까지 다 드실까' 생각했지만

님이 계속 드시는 걸 보고 촬영을 했습니다.

2005년 6월 14일 녹지원

2005년 6월 14일 녹지원

이때 비서관이 '이런 건 찍지마'라고 하더군요.

이 좋은 장면을 제가 포기하면 안 되기에 '네' 하며

약간 떨어져 망원렌즈로 촬영했습니다.

님이 아이스크림 나무 막대기에 남은 흔적까지 쪽쪽 빠시면서

드시는 장면을 보며 정말 많이 웃었어요.

님을 가리켜 사람 냄새나는 대통령이었다고 말합니다.

사람 냄새란 결국 평범한 이들과 격의 없이 어울리는 소탈함이겠죠.

세상의 모든 지혜를 받아들이려는 열린 생각,

돈 없고 '빽 없는' 사람들의 이야기도 귀담아 들을 줄 아는 열린 마음.

님은 한없이 낮은 곳에서 모두 받아들이는 바다 같은 분이었습니다.

광화문 거리를 가득 메운 촛불의 물결 속에서 님이 더욱 그립습니다.

P. S. 무척 더운 그날 저도 님과 함께 아이스크림을 먹고 싶었는데

      아무도 주지 않더군요!

세상의 모든 지혜를 받아들이려는 열린 생각,
돈 없고 '빽 없는' 사람들의 이야기도
귀담아 들을 줄 아는 열린 마음.
님은 한없이 낮은 곳에서 모두 받아들이는
바다 같은 분이었습니다.

8.

청와대에 들어와서 첫 해를 보내기 전,

2부속실에서 연락이 왔어요.

사진 촬영이 있으니 올라오라고요.

전 급히 올라갔죠.

님과 여사님은 한복을 입고 계셨죠.

그리고 건호 씨, 정연 씨도 모두 와 있었습니다.

'와, 가족 촬영이구나.'

저를 믿고 가족사진을 맡기신 거라 생각해 무척 기뻤습니다.

2003년 12월 28일 청와대 관저

하지만 그 순간 동시에 어떡할지 난감했습니다.

'잘못 찍으면 안 되는데… 조명도 특별히 없고…'

재임 이후 첫 번째 가족 촬영인 듯해서 더 걱정이 앞섰답니다.

일단 관저 내부 장소부터 급히 둘러보고 여러 곳을 선정했죠.

가족 촬영이 끝나고 님과 여사님의 모습을 담고 급히 내려갔죠.

사진을 확대해서 제대로 되었는지 확인했죠.

그 어느 순간보다 떨리고 긴장된 작업이었습니다.

하지만 저에게 무한한 행복감을 주기도 했습니다.

님, 저를 믿어주셔서 감사합니다.

9.

전화벨이 울렸어요.

님이 손녀랑 자전거를 탄다고 하기에

전화를 끊기 무섭게 카메라를 들고 달렸어요.

춘추관에 있는 기자들은 놀라서 물어보는데 대답할 겨를도 없었습니다.

기자들이 전화로 무슨 일이냐고 묻기에,

'안 가르쳐주지' 약을 올리며 달렸어요.

힘껏 달려 도착한 비서동 마지막 문이 열리니

저 위에서 자전거를 타고 내려오는 님의 모습이 보였어요.

후다닥 카메라를 들고 셔터를 눌렀습니다.

님의 자전거가 제 옆을 지나갈 때 카메라에서 눈을 뗐습니다.

다시 점점 멀어지는 님의 뒷모습을 보면서 '아, 저거다' 싶었습니다.

순간 저의 눈에 님이 손녀를 뒷자리에 태우면서 엉덩이 아프지 말라고

깔아놓은 수건 같은 것이 보였답니다.

'할아버지다, 진짜 할아버지다.'

님은 저의 최고의 사진을 하나 만들어주셨어요.

청와대 안의 숲과 자전거를 타는 뒷모습은 훗날

많은 분들이 좋아하는 사진 중 하나가 되었답니다.

2007년 9월 13일 청와대

10

이날은 정말 바빴던 하루였습니다.

님께서 자전거 타는 모습을 촬영한 후 돌아서서 춘추관으로 가는데

다시 연락이 왔습니다.

님이 이번에는 전기 골프카를 타고 가신다고 말이지요.

다시 눈썹이 휘날리게 뛰어갔죠.

그런데 님은 이미 본관 앞에 도착하셨더군요.

다리가 후들거린 채로 손녀랑 내리시는 모습을 보고 있는데

님은 갑자기 손녀와 잔디밭에 앉으셨습니다.

이때 의전 직원이 과자봉지 하나를 들고 왔죠.

여기서 저는 님께서 가장 좋아하시던 사진 한 장을 찍었습니다.

과자를 손녀에게 주려다가 님의 입으로 갖다 대는 순간

저는 촬영하다가 웃음을 참지 못했지요.

님의 장난스러운 행동에 손녀는 입을 삐죽 내밀었고

그 장면을 연속으로 촬영했습니다.

이 장면은 나중에 꼭 드려야겠다고 마음먹었죠.

님도 좋아하셔서 사진 세 장을 액자로 만들어 드렸죠.

지금은 봉하 사저에 걸려 있답니다.

저는 언젠가 그 사진이 걸린 모습을 보고 혼자서 한참을 울었답니다.

이렇게 소중한 님을 제가 제대로 모시지 못한 죄책감 때문이었지요.

봉하에 내려갈 때마다 그 사진을 보면 눈물이 절로 납니다.

이제는 사람들 앞에선 부끄러워서 마음대로 울지도 못합니다.

다들 자꾸 울보라고 놀립니다.

님께서 저의 눈물샘을 자꾸만 터뜨리는 듯합니다.

2007년 9월 13일 청와대 본관 앞

2007년 9월 13일 청와대 본관 앞

님, 저는 어떡하면 좋죠?

이 사진을 찍을 때 저는 참 행복했고 님께서도 무척 좋아하셔서서

참 아름다운 추억인데 저는 자꾸만 울고 있네요.

저는 돌아서 혼자 담배를 피우며 한숨을 짓습니다.

님, 보고 싶습니다.

님의 목소리가 들리는 듯합니다.

'고놈, 참'이라는 목소리가 들려옵니다.

바보 같은 저는 그저 님을 크게 불러봅니다.

'사랑합니다.'

님, 보고 싶습니다.
님의 목소리가 들리는 듯합니다.
'고놈, 참'이라는 목소리가 들려옵니다.
바보 같은 저는 그저 님을 크게 불러봅니다.

11.

님의 뒷모습 촬영은 공식적으로 금지되어 있었죠.

누군가 님의 뒤로 다가가면 경호팀에서 일단 난리가 나죠.

경호원과 수행원을 빼곤 누구도 뒤에 서 있으면 안 되었죠.

하지만 님의 허락으로 전 마음껏 뒷모습을 담을 수 있었답니다.

님의 뒷모습을 담으며 가장 슬프게 느껴지는 순간입니다.

찻잔을 앞에 두고 담배를 피우며 혼자서 창밖을 바라보는 모습이

정말 쓸쓸해 보였고 어깨가 무거워 보였답니다.

무거운 짐이라면 힘이 센 제가 거뜬히 들어드리겠지만

눈에 보이지 않는 짐이기에 어찌할 수 없었습니다.

님은 언제쯤 그 짐을 떨치고 웃을 수 있을까요?

곁에 제가 있다면 기분도 풀어드리고 웃겨드릴 수 있을 텐데…

저의 편지를 받으시면 조금은 입가에 미소를 지으셨으면 좋겠습니다.

2007년 9월 22일 저도 공관

님이 아프고 힘들 때 지켜보는 저도 아팠습니다.

님이 기쁘면 저는 더욱 기뻤습니다.

님이 눈물을 지을 때면 저는 폭포수 같은 눈물이 흘러내렸습니다.

이런 글이 님을 더 슬프게 할지도 모르겠네요.

언젠가 제가 '파이팅' 하는 자세를 취해 달라고 한 적이 있지요.

그때 님은 '파이팅'은 정체불명의 단어라며 가급적 쓰지 말자고 했었죠.

그래서 알려주신 단어가 하나 있습니다.

다시 여기에 적어봅니다.

아자! 아자! 아자!

2007년 9월 24일 저도 공관

12

참여정부 4주년 평가 심포지엄 1부 행사를 마치고

님과 함께 우린 호텔 스위트룸으로 올라왔습니다.

다른 세션이 시작되기 전까지 여유가 있었죠.

그 날 따라 유난히 피곤한 저는

눈꺼풀이 스르륵 내려오는 걸 겨우 참고 있었습니다.

저는 응접실에서 님이 담배를 피우며 대화하시는 모습을 찍었습니다.

얼마 후 '시간 아직 있지? 여기서 잠시 쉴 테니 자네들도 쉬게나'

님은 이렇게 말씀하시곤 구두를 벗고 소파에 앉으셨습니다.

비서들이 침실 위치를 알려드렸지만 괜찮다며 계속 앉아 계셨죠.

저와 비서들은 스위트룸 안쪽에 있는 작은 방으로 갔습니다.

갑작스런 망중한에 모두 침대와 의자로 흩어져 자리를 잡았습니다.

저에게도 좀 쉬라고 했습니다. 대신 코는 골면 안 된다고 했죠.

그래도 저는 졸음을 참고 모두 잠들기를 기다렸습니다.

저에겐 해보고 싶은 일이 하나 남아 있었습니다.

2007년 1월 31일 참여정부 4주년 평가 심포지엄(힐튼호텔)

2007년 1월 31일 참여정부 4주년 평가 심포지엄(힐튼호텔)

님이 신발을 벗고 소파에 앉은 뒤 무엇을 하실지

카메라에 담으면 좋겠다 싶었습니다.

님은 지금쯤 주무실까 하며 기다렸습니다.

그리고 기회는 찾아왔죠.

비서들이 모두 잠든 걸 확인하고 살살 기어 밖으로 나갔답니다.

카메라 한 대를 몸에 밀착시키고 도둑고양이처럼 살금살금…

응접실에 나온 저는 제 눈을 의심했어요.

'헉, 소파에 그대로 누워 주무신다, 바로 이거야!' 하며

카메라 셔터를 조심스럽게 눌렀습니다.

그런데 님은 와이셔츠 차림이었고 좀 추워 보였습니다.

이불을 덮어 드려야겠다 싶었습니다.

다시 엉금엉금 기어 수행 비서 한 명을 흔들어 깨웠습니다.

'님이 소파에서 그대로 주무시니 이불 좀 덮어 주세요.'

수행 비서는 깜짝 놀라 물었죠. '그래? 그걸 어떻게 알았어?'

저는 당황하며 '어서 덮어주세요'라고 얼버무렸습니다.

수행 비서가 급히 이불 하나를 꺼내와 님을 덮어주었죠.

이불을 덮은 님을 저는 재빠르게 한 컷 더 찍었습니다.

저는 다시 다른 비서들이 있는 방으로 돌아와 코를 골며 잤답니다.

이 사진은 나중에 님의 소탈함을 보여주는 유명한 사진이 되었죠.

다시 그 스위트룸에 가서 빈 소파라도 촬영하고 싶은 마음입니다.

님, 괜찮죠? 비록 몰래 촬영한 것이지만 좋아하실 거라 믿습니다.

2007년 1월 31일 참여정부 4주년 평가 심포지엄(힐튼호텔)

13

진해 공관은 소박하면서도 멋진 곳입니다.

님과 함께 가면 저도 마음이 편안해졌던 곳이죠.

이곳에서 님은 언제나 즐겁게 휴식을 취하셨던 것 같아요.

님이 해양수산부 장관 시절 추진했던 바다 목장도 있고

근처에 이순신 장군 사당도 있어서 이것저것 볼 것이 참 많았습니다.

이 날도 해군 진해 공관에 가서서

간만에 작은 배를 타시고 줄낚시를 하셨죠.

그런데 님은 한 마리도 못 잡고 주치의만 계속 잡으셨죠.

님은 '물고기들이 나만 피해간다'면서 못내 아쉬워하셨습니다.

그래서 줄낚시 대신 릴낚시로 바꿨지만 역시 물고기들은 외면했죠.

'바다 목장이 있는 해양연구원에서는 많이 잡았는데…'

이렇게 말씀하시면서 겸연쩍어 하셨죠.

2005년 4월 23일 진해 앞바다

다른 사람이 잡은 물고기로 회를 드실 땐 옆에서 저도 먹고 싶었어요.

그날따라 아무도 회 한 점 권하질 않더군요.

잡은 고기가 적어 더 그런 듯해서 군침만 삼켜야 했습니다.

대신 저녁에 숙소에서 부속실 식구들과 원 없이 회를 먹었습니다.

이 사진을 보니 님과 같이 바다낚시를 가고 싶네요.

작은 배에 올라타서 고기가 입질을 안 해도

님과 함께 있다는 것만으로도 얼마나 행복할까요?

가끔 주위에서 바다낚시를 가자고 하면 이날이 떠오르고

알 수 없는 깊은 슬픔에 젖어 듭니다.

님, 그곳에서도 낚시를 하시나요? 물고기가 좀 잡히나요?

오늘 밤에는 님과 함께 바다낚시 하는 꿈을 꾸면 좋겠습니다.

2005년 4월 23일 진해 앞바다

님과 같이 바다낚시를 가고 싶네요.
작은 배에 올라타서 고기가 입질을 안 해도
님과 함께 있다는 것만으로도
얼마나 행복할까요?

14

님이 해양수산부 장관 시절 만들었던 바다 목장이

어느 정도 진행되었는지 궁금해 가셨던 통영 한국 해양연구원.

바다 위에 떠 있는 연구원이라 사실 좀 겁이 나기도 했습니다.

미끄러질까봐 뛰지도 못하고 천천히 걸었지요.

제 눈에는 전복 양식장과 비슷해 보였습니다.

양식장 같은 가두리에는 물고기가 엄청나게 많이 있었습니다.

님이 추진한 연구가 순조롭게 되고 있는 듯했습니다.

그런데 그곳에서 사진을 찍던 저는

자꾸 님의 귀 밑에 붙여놓은 멀미약 때문에 웃음을 참아야 했습니다.

님이 출렁거리는 그곳에서 정말 멀미를 했는지 모르겠지만

의무실장의 권고로 붙이셨고 저뿐만 아니라 많은 분들이 즐거워하셨죠.

2005년 4월 23일 바다 위 한국해양연구원

그때 누군가 낚싯대를 건네며

'여기서는 떡밥이나 지렁이 없이도 잘 잡힌다'고 하더군요.

님도 자신 있게 릴낚시를 들고 힘차게 던지셨습니다.

얼마 후 낚싯대가 휘더니 한꺼번에 다섯 마리나 걸려 올라왔죠.

님은 '이런 손맛 느끼려고 낚시하나 봅니다' 하며

어린 아이처럼 좋아하셨지요. 그런데 궁금한 것이 있습니다.

님은 배처럼 출렁거리는 그곳을 어찌 그리 잘 걸어 다니셨나요?

저는 카메라와 가방을 들고서 바다에 빠질까봐 조마조마 했는데 말이죠.

숲속 오솔길을 걷듯 경쾌하면서도 여유로운 발걸음이 멋있었습니다.

귀밑에 붙인 멀미약은 어쩔 수 없었지만요.

2005년 4월 23일 바다 위 한국해양연구원

15.

해외순방을 다니실 때 특별기가 착륙할 즈음이면

님은 호기심 어린 눈으로 창밖을 내다보시곤 했습니다.

뭐가 그리도 궁금하신지 항상 기내에서 밖의 상황을 쳐다보셨죠.

물론 저도 궁금했지요. 설레기도 했고요.

님은 정말 천진난만한 아이의 모습이었습니다.

그런 모습을 자주 보다 보니 나중엔 당연하게 생각했죠.

님은 항상 낯선 곳에서 새로운 것을 발견하거나 마주치면

자세히 들여다보고 주위에 묻곤 하셨습니다.

그런 호기심이 님에게 새로운 지식을 주고

세상을 따뜻하게 바라볼 수 있도록 했나 봅니다.

때로는 수행 비서들과 같이 창밖을 보시기도 하고

낯선 상황을 보면 궁금해 하며 대화를 시작하셨죠.

2007년 3월 26일 쿠웨이트 공항 착륙 후 기내

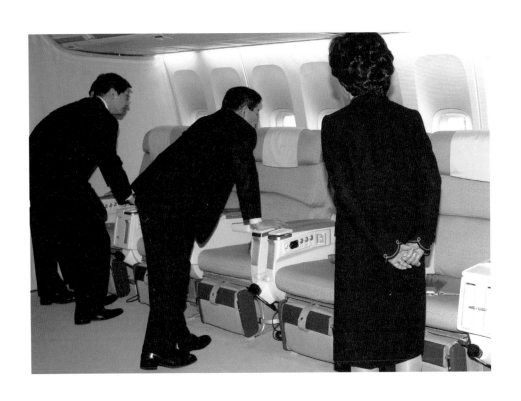

2007년 1월 13일 세부 착륙 후 기내

지나고 보니 님의 그런 말과 행동은

장시간 비행으로 지친 수행 비서들의 긴장과 피로를 풀어주었답니다.

물론 님은 사람들의 웃음을 자아내는 위트도 빼놓지 않으셨죠.

해외순방 중 비행기 안에서도 틈틈이 비서진 보고가 이루어졌고

모든 일정과 의전은 다이내믹하게 진행되었습니다.

아무도 모를 그 작은 공간에서 님을 중심으로 많은 일들이 처리되었죠.

이젠 다시 님과 함께 비행기를 탈 수도 없네요.

저는 비행기를 탈 때면 착륙하기 전 창밖을 보며 님 생각을 한답니다.

이런저런 장면들을 생각하면 혼자 빙그레 웃곤 하면서요.

열림

16

이탈리아 교황청을 방문했을 때의 일입니다.

접견장으로 가는 엘리베이터가 너무 작아서 4명 이상 타기 곤란했습니다.

그래서 님이 올라간 뒤 바로 수행원들이 올라갔죠.

사진을 찍으려고 보니 통역원이 님을 가리고 있기에

저는 천천히 옆으로 이동했습니다.

가까이 옆에서 촬영하면 된다고 생각하고 혼자 움직였죠.

그런데 비서진 중 한 분이 사진 촬영을 돕는다고 통역원을 빼는 겁니다.

통역원이 잠시 뒤로 빠지자

님과 교황청 관계자의 대화는 중단되었습니다.

통역이 없으니 대화가 진행될 리가 없었지요.

그 순간 님이 주위를 둘러보더니 가장 가까이에 있는 저를 보시곤

'자네, 흐름을 끊지 말게나'라고 하셨지요.

제가 사진을 잘 찍으려는 욕심에 통역원을 물린 거라 생각하신 거죠.

순간 제 마음속에선 '제가 아닌데요'라고 말씀드리고 싶었지만

그러면 분위기가 이상해질 것 같아

그냥 '죄송합니다'라고 말씀드리며 고개를 숙였습니다.

님의 말 한마디에 분위기는 차가운 얼음장처럼 얼어버렸죠.

통역원은 어정쩡하게 서 있었고 아무도 상황을 설명해주지 않았죠.

그렇게 모두 머뭇거리는 사이 님이 다시 저를 돌아보며

'자네 사진 못 찍었다고 나무라지 않을 테니 대화의 흐름을 막지 말게'

라고 강한 어조로 다시 말씀하셨죠.

순간 저는 눈물이 핑 돌았어요.

'네, 알겠습니다. 죄송합니다.' 다시 고개를 숙이며 말씀드렸어요.

그래도 뭔가 부족하다 생각하셨는지

'제발 나의 흐름은 막지를 말게나, 알았는가?'라고 다시 꾸짖으셨죠.

저는 또 '네, 죄송합니다'라고 고개를 숙여야 했습니다.

주위엔 정적만 흘렀습니다.

교황청의 언어는 일반 이탈리아어와 달리 천주교 교리에 관련된 용어가

많아 통역이 더 어렵다는 걸 나중에 알았습니다.

그때는 가장 가까이에 있는 저를 혼내시는 게 당연한 상황이었습니다.

2007년 2월 15일 이탈리아 로마 교황청

하지만 저는 눈물을 삼켜야 했답니다.

그날 교황청에서는 손이 떨려 카메라를 제대로 잡기 힘들었죠.

교황청 행사를 모두 마친 후 만찬장에서 사진을 찍는데

여사님께서 가볍게 위로해주셨지요.

'오늘 님께 많이 혼났죠? 괜찮아요, 마음껏 찍으세요.'

님은 고개를 푹 숙이고 아무 말씀도 없었습니다.

왠지 님은 침묵으로 저한테 '미안하네'라고 말씀하신 듯했어요.

이제야 그날의 진실을 님께 편지로 고자질합니다.

그날 통역원을 뒤로 물린 분들은

아직도 저에게 미안하다고 말하지 않았습니다.

하지만 그날을 떠올리며 제가 참 잘했다는 생각을 한답니다.

17

해인사를 방문했을 때였습니다.

경내를 둘러보신 후 짧은 휴식시간에 흡연이 가능한 공간으로 이동했죠.

님은 담배를 찾으셨고

비서가 담배를 드리자 불을 붙이고 한 모금 빨아들이셨습니다.

이때 옆에 있던 문화재청장이 '이 담배 한 번 피워 보시죠'라고 권했지요.

님은 담배 한 개비를 건네 받으셨습니다.

비서진이 라이터를 꺼내려고 준비하던 찰나에

님은 피우던 담배를 다른 손으로 바꿔 들고 담뱃불을 붙이셨습니다.

저는 이 장면을 놓치지 않고 한 컷 찍었습니다.

담배를 오래 피워온 애연가라면 낯설지 않은 장면이지만

님께서 스스럼없이 그렇게 담뱃불을 붙이는 모습은 의외였습니다.

님은 다른 사람들이 자신을 어떻게 바라볼지 크게 개의치 않으셨습니다.

2007년 11월 14일 해인사

저는 님을 대할 때면 항상 어려운 마음을 품고 있었지만

적어도 사진 속에 비친 님은 그 어떤 누구보다 친근하고 소박했습니다.

님이 품은 뜻은 한없이 크고 높았지만

님은 언제든지 가장 낮은 곳으로 내려와 손을 맞잡아주는 분이었습니다.

님이 우리 곁을 떠난 지도 벌써 일곱 해가 훌쩍 지났습니다.

다음에 내려갈 때는 낮은 비석 앞에 담배 한 개비 올려드리겠습니다.

님이 품은 뜻은 한없이 크고 높았지만
님은 언제든지 가장 낮은 곳으로 내려와 손을
맞잡아주는 분이었습니다.

18.

주말 아침에 일찍 님께서 조조할인 영화를 보신다고 연락을 받았었죠.

무슨 영화인지 모르고 가벼운 옷차림으로 출근했지요.

영화관에 도착해서야 수석들과 함께 영화관을 빌려 본다는 걸 알았어요.

순간 저도 봐도 되냐고 비서관한테 물어봤죠.

영화를 좋아하는 저로선 무척 기대가 됐습니다.

간만에 휴식 같은 영화를 본다는 사실에 기분이 좋았답니다.

그것도 님과 함께 본다니 더욱 기뻤습니다.

영화관 내부에 들어가니 좌석은 최신식 시설이었습니다.

그 당시엔 몇 개 없는 상영관 중에 하나였죠.

소파처럼 비스듬히 누워서 볼 수 있도록 만든 공간이었죠.

자리에 앉은 님은 의자를 어떻게 조정하는 줄 몰라 머뭇거리셨습니다.

무슨 버튼을 잘못 눌렀는지 발판이 올라갔죠.

그러곤 다시 내리지 못해 어떻게 하는 거냐며 당황해 하셨죠.

영화관 매니저가 와서야 발판을 내릴 수 있었죠.

전 조용히 앞자리에 앉아서 님께서 당황해하시는 모습을 모두 지켜봤죠.

사실 님만 좌석을 조정할 줄 몰랐던 건 아니랍니다.

저뿐만 아니라 다른 수석 비서관들도 잘 몰랐답니다.

'왕의 남자' 관람 후 님이 본 영화라고 언론에 공개되자마자

이 영화는 곧 천만 관객을 돌파했지요.

그로부터 10년이 훌쩍 지났습니다.

어쩌다 보니 저는 스크린에 등장하는 '영화배우'가 되었답니다.

님을 추억하는 다큐멘터리 '무현, 두 도시 이야기'에 출연한 것이지요.

서로 모르는 사람들이 모여 님께서 추구한 가치를 되새겼습니다.

'어리석음'과 '어둠'과 '절망'의 시대에 이 다큐멘터리는

'지혜'와 '빛'과 '희망'을 이야기했습니다.

저는 영화 속에서 '울보 사진사'가 되어버렸답니다.

님이 계셨다면 제가 출연한 이 다큐멘터리 영화도 보셨겠죠?

님은 우리 곁에 계신 것처럼 대화하고 웃고 '부산 갈매기'를 열창했죠.

님이 부르시던 노래 한 자락이 귓가에 맴돕니다.

2006년 1월 21일 왕의남자 영화 관람(명동 롯데 시네마)

19.

재임기간 중 틈틈이 님과 함께 봉하에 내려가곤 했습니다.

님께서 나고 자라신 봉하에 처음 도착했을 때 저는 무척 놀랐습니다.

낮은 산자락을 따라 옹기종기 몇 가구 늘어선 조용한 시골마을.

정말 님처럼 소박한 동네였지요.

님과 함께 봉화산도 올라가고 마을 앞 논두렁도 걷곤 했지요.

갑자기 누군가 님과 여사님의 첫 만남을 여쭤봤죠.

님은 공부하던 시절을 떠올리셨죠.

틈틈이 자전거 타고 다니며 기찻길 데이트를 했노라고.

그러다 갑자기 '저 철길에서 첫 키스를 했어요'라고 말씀하셨습니다.

여사님은 별 얘기를 다하신다고 부끄러워하시며 님을 꼬집으려 하셨죠.

님은 여사님의 손을 피하면서 '저기 쯤이지, 아마' 하며

즐거워하셨습니다.

저도 웃음을 참지 못해 사진 찍다가 카메라를 놓칠 뻔 했어요.

전 지금도 그 장소를 지날 때면 님의 음성이 또렷이 들려옵니다.

여사님을 놀리시며 사람들을 즐겁게 해주셨던 그 장소.

요즘은 그곳에 봉하 방앗간과 연꽃 심은 논이 들어섰답니다.

나중에 님의 첫 키스 장소에 푯말 하나 세워둬야겠어요.

여사님과 첫 키스를 했던 곳, 이라고요.

님도 아시죠?

이젠 추억의 길이 되어버렸어요.

님과의 추억을 이제는 제가 대신 추억하고 있답니다.

2006년 4월 15일 봉하

님도 아시죠?

이젠 추억의 길이 되어버렸어요.

님과의 추억을 이제는 제가 대신 추억하고 있답니다.

2006년 4월 15일 봉하마을 항공촬영

20

말도 많고 탈도 많은 시화호에 갔습니다.

아직도 끝나지 않는 전쟁터 같았지요.

갯벌로 차량을 타고 한참을 타고 들어갔습니다.

거기서 님을 찍는데 왠지 갯벌이 심상치 않았습니다.

불안감을 안고 님의 얼굴을 촬영하기 위해 앞으로 갔죠.

사진 몇 장을 찍는데 갑자기 갯벌 깊숙이 다리가 빠져 들어갔습니다.

발목 가까이 빠지는 것 같아 재빨리 딴 곳으로 옮겼는데

더욱 깊이 빠지기만 했습니다.

혼자서 안간힘을 쓰고 있는 동안

갑자기 경호원들이 님을 모시고 갯벌을 벗어나고 있었어요.

다들 차에 탔고 떠날 준비를 했습니다.

하지만 저는 여전히 갯벌에 꼼짝없이 잡혀 있었습니다.

경호 수행부장이 저에게 카메라를 갑자기 달라고 하는데

카메라는 절대 넘겨줄 수 없기에 저의 손을 뻗어 잡았습니다.

경호 수행부장이 저의 손을 잡고 끄는데 도리어 저와 함께 발이 빠지자

뒷걸음질 치며 제 손을 놓아버렸죠.

의전비서관이 삽을 들고 왔어요.

그때 님이 차 문을 연 채 저를 쳐다보시는 모습이 보였어요.

'몸이 너무 무거워서 빠져나오지 못하는 건가'라고 생각하시는 듯했어요.

그때서야 다리 한쪽이 빠졌고 두 다리를 뺄 쯤 님의 차 문이 닫혔죠.

저를 도와주러 온 의전비서관도 다리가 빠졌기에

삽으로 서로 빼주며 간신히 탈출했답니다.

며칠 후 여사님께서 저보고 '카메라가 무거운 모양이죠,

빠져서 나오지 못해 걱정했어요'라고 말씀하셨죠.

'제가 사실은 몸무게가 좀 나가요, 카메라 무게보다 몸이 무거워서요'

이날 저의 몸무게를 여사님께서 아시게 되었죠.

'저 놈이 잘 빠져나오나 보자' 하고 지켜보시던

님의 표정이 아직도 눈에 선합니다.

2006년 10월 29일 시화호 갯벌

21

님이 다른 나라 정상들과 전화하는 모습을 다들 궁금해 합니다.

어떤 식으로 통화하는지 상상만 하더군요.

제가 그래서 그 궁금증을 풀어줄까 합니다.

님의 복장도 궁금해 하고요.

님 주위엔 관련 부서 장관 및 수석들과 기록비서관 등이 배석하면서

통역 준비와 더불어 대화 내용 녹음도 진행하지요.

이때 녹음은 부속실에서 한답니다.

통역관이 전화기 너머에서 들려오는 내용을 번역해서 님께 전달하지요.

님의 말씀을 상대 정상에게 통역관이 통역하거나

또는 상대방 통역관이 상대국 정상에게 통역하는 과정을 거치지요.

이때 카메라 셔터 소리가 들리면 대화에 방해될까 싶어

될 수 있으면 멀리서 조심히 촬영을 했습니다.

각국 대통령과 통화하는 순간은 사뭇 긴장되고

준비 과정 또한 조심스러웠습니다.

그런 과정이 한 번도 공개되지 않았다는 사실이 저는 좀 의아했답니다.

이제 많은 분들께 공개를 했습니다.

님, 괜찮죠?

2007년 2월 14일 스페인 호텔(부시 대통령과 통화)

2007년 2월 14일 스페인 호텔(부시 대통령과 통화)

22

5년이라는 긴 여정의 재임기간 동안 마지막 해외순방 행사.

님은 대통령으로서 마지막 순방 저녁을 뜻깊게 보내고 싶었지요.

의전비서관과 싱가포르에서 급히 용 조각상을 구했지요.

발톱이 5개인 용을 구하기 쉽지 않았답니다.

그리고 케이크를 준비했죠.

호텔에서 준비한 케이크를 미리 가서 보는 순간 당황스러웠습니다.

한반도가 중심이 아닌 유럽 중심의 세계지도가 그려진 케이크였지요.

알고 보니 셰프가 유럽인이라더군요.

행사시간이 다 되어 어쩔 수 없었지요.

잠시 후 님은 수행원들의 축하 박수와 인사를 받으며 들어오셨죠.

님은 깜짝 파티에 멋쩍어 하셨지만 재임기간의 마지막 순방이라 그런지

시원섭섭한 표정이었습니다.

님은 장난스럽게 케이크 한 부분을 손가락으로 푹 찍어 맛을 봤지요.

그리고 같이 박수를 치면서 그렇게 그 시간을 보냈습니다.

2007년 11월 21일 해외 순방 공식 마지막 저녁(싱가포르)

2007년 11월 21일 해외 순방 공식 마지막 저녁(싱가포르)

님은 저에게 많은 것을 알려주신 분입니다.

지식의 많고 적음을 떠나 님은 지식 너머에 있는 지혜가

세상에 올곧게 쓰이도록 가르쳐주셨습니다.

님은 대통령이기 전에 저의 스승이셨습니다.

그래서 저는 청와대학교라는 5년제 대학을 다녔다고 말하곤 합니다.

물론 리포트 제출이나 학점도 없지만 말이지요.

단지 명예만 있을 뿐입니다.

저는 세계 최고의 명문대학에서

누구도 흉내 낼 수 없는 님을 모시고 5년간 배웠답니다.

님의 가르침이 고맙고 감사할 따름입니다.

그 가르침을 영원히 간직하고 더 많은 이들에게 베풀겠습니다.

지식의 많고 적음을 떠나

님은 지식 너머에 있는 지혜가

세상에 올곧게 쓰이도록 가르쳐주셨습니다.

님은 대통령이기 전에 저의 스승이셨습니다.

23.

이순신 장군의 업적을 기리기 위해 통영에 세워진 사당, 충렬사.

이곳에 전통 활을 쏘는 연습장이 있었습니다.

님은 한번 해보신다고 하셨고

여사님은 힘도 없으면서 하지 마시라고 말리셨지요.

님은 '아직 힘 좋아요'라고 하시며 활시위를 당겨 주위에 웃음을 주셨죠.

실제로 화살을 끼워 활시위를 당기셨고

처음 치고는 꽤 멀리 날아갔습니다.

두어 번 활시위를 당기는 모습을 보고

화살이 날아가듯 님을 힘들게 하던 모든 것들이 날아갔으면 좋을 텐데…

얼마 전 '최종병기 활'이라는 영화를 봤습니다.

이 영화를 보는데 갑자기 님 생각이 나서 저도 모르게 훌쩍거렸답니다.

왜 자꾸 주위의 모든 것이 님 생각으로 이어지는지…

님은 저에게 너무 많은 흔적으로 남아 있습니다.

저는 사진을 찍으며 님의 모든 것을 저의 가슴에 담아둔 모양입니다.

무심결에 흘려듣던 노래 가사에 님을 떠올리기도 하고

때론 님을 생각하며 우는 사람을 만나면 저도 같이 부둥켜안고 웁니다.

하지만 신기하게도 이렇게 울고 나면 기분이 좋아져요.

가슴이 뜨거워지고 메마른 감수성이 되살아나거든요.

그런데 이렇게 뜨거워진 가슴은 어떻게 식혀야 할까요?

님이 제 꿈에 나타나서 좀 알려주세요.

2005년 4월 23일 통영 충렬사

2005년 4월 23일 통영 충렬사

님은 저에게 너무 많은 흔적으로 남아 있습니다.
저는 사진을 찍으며 님의 모든 것을
저의 가슴에 담아둔 모양입니다.

24

매일 아침 열리는 일일 주간 일정 및 메시지 관련 회의.

저는 이 모습을 무척 찍고 싶었답니다.

그런데 부속실에서는 회의에 지장을 준다며 저를 못 올라가게 했지요.

하지만 기어코 올라가 몇 장을 찍었습니다.

아침 회의는 분주해 보였습니다.

하루의 시작을 알리는 의미 있는 일정이지요.

저도 매일 아침 6시 30분 전에는 출근해서 씻고 대기를 했답니다.

이렇게 아침 일찍 출근하다 보니 아침잠 많은 버릇이 없어졌어요.

2007년 3월 19일 청와대 관저 소회의실 아침 회의

모두들 포기한 이 버릇이 님과 함께 사라져버렸어요.

자다가도 누가 건드리면 눈이 번쩍 뜨이는 걸 보니

청와대에 있는 동안 저도 긴장을 많이 한듯 합니다.

청와대를 나와서도 버릇처럼 6시 전에 눈이 떠지더군요.

이제는 긴장이 많이 풀려 그렇지 않지만

일어나려고 마음만 먹으면 이제는 새벽이라도 문제없답니다.

어쨌든 님께서 저의 큰 고민거리인 아침잠을 해결해주셨습니다.

감사합니다.

25.

님과 손녀의 촬영을 마치고 나서 또 다른 일이 벌어졌죠.

님을 뒤로 하고 걸어가려고 하는데 갑자기 저를 부르셨죠.

'어디까지 가는가? 태워줄게. 내가 운전하는 차 한 번 타봐라.'

'저희들이 타면 전기 카트가 안 나갈 수도 있어요.'

이렇게 말씀드렸지만 님은 걱정 말라며 타라고 하셨지요.

제법 몸무게가 나가는 저와 부속실 직원이 뒷자리에 올라탔습니다.

님께서 운전하시는 전기 카트를 타다니 그날은 운수좋은 날이었습니다.

저는 뒷자리에서도 운전하는 님의 뒷모습을 카메라에 담았답니다.

'이런 호사를 누리다니…'

2007년 9월 13일 청와대 본관 앞

저는 다른 직원들의 질투 어린 시선을 감당해야 했습니다.

마치 택시 기사처럼 님께서 운전하고 저는 목적지를 말했습니다.

님은 저를 내려주시면서 수고했다고 말씀하시고 관저로 출발하셨지요.

고개를 숙이고 인사할 때 눈물이 핑 돌았답니다.

그날은 하루 종일 행복했습니다.

26

드라마틱한 한 해를 마무리하면서 영국을 떠나는 날입니다.

2004년에는 대통령 탄핵이 있었지만 헌법재판소에서 기각되었죠.

님은 영국을 국빈 자격으로 방문한 대한민국 최초의 대통령이었습니다.

영국왕실에서 한 해 한 번 하는 행사에

대한민국 대통령을 초대한 것이죠.

그만큼 국빈 방문 행사는 성대하게 치러졌습니다.

덩달아 저희들 또한 무척 기쁘고 설레었답니다.

기자들도 버킹엄 궁 주위 대형 태극기를 배경으로 기념사진도 촬영하고

주위 영국인들의 환영인사도 받으면서 즐거워했죠.

귀국 후에는 님과 여왕을 촬영한 제 사진이 잘 나왔다며

영국왕실에서 사진을 제공받고 싶다고 요청해 왔답니다.

저는 뿌듯해하면서도 영국 대사관에서 공문을 보내면 주겠다고 했죠.

그랬더니 정식 공문이 다음날 바로 오더군요.

그럴 줄 알았다면 왕실 공문을 보내달라고 할 걸 그랬어요.

2004년 12월 3일 영국 런던

2004년 12월 3일 영국 런던 경호 차량

어쨌든 저는 대한민국 대통령 전속 사진사로 자부심을 좀 세웠답니다.

님께 사실 자랑하고 싶었지만 참았어요.

님이 영국을 떠날 때 주위 차량 행렬이 어땠는지 궁금하시죠?

잘 보시지 않았을 것 같아 제가 보여드리겠습니다.

행렬이 좀 길다는 것 빼고는 별 다른 게 없었죠.

하지만 저를 항상 뛰어 다니게 한 차량 행렬이었죠.

매번 저 뒤에서 님을 촬영하기 위해 100미터 이상을 달려갔습니다.

님이 내리기 전에 헉헉거리면서요.

저는 경호팀에 사전에 부탁했습니다.

제가 오기 전까지는 님의 차문을 열지 말라고 말이죠.

이 사실은 모르셨죠?

이제야 알려드립니다. 죄송합니다.

하지만 그래야 님이 내릴 때 첫 인사하는 분을 촬영할 수 있답니다.

그분께 사진 선물을 꼭 드려야 하니까요.

물론 배달 사고도 있었겠지만 무조건 촬영한 사진은 보내드렸어요.

혹 못 받으신 분들은 나중에 연락 주시면 다시 보내드리기도 했습니다.

왠지 오늘 편지는 구구절절 길어졌네요.

님과의 추억을 떠올리는 하루하루가 즐겁답니다.

27

손녀를 관저로 보낸 뒤 님은 혼자 자전거를 타며 청와대를 돌아다니셨죠.

저는 뛰어 다니며 님을 찍다 보니 다리가 후들거렸습니다.

본관 앞에 잠시 서 계시기에

저도 거기 서서 셔터를 계속 눌렀습니다.

님은 저를 보시며 한 마디 하셨습니다.

'그렇게 많이 찍었는데 아직도 계속 찍고 싶나?'

저는 웃으며 '네' 하고 대답했습니다.

'그럼 한번 니 마음껏 찍어봐라… 어디에서 포즈를 취하면 좋겠나?'

님은 제가 가리키는 곳에 털썩 앉으셨습니다.

처음 있는 일이라 저는 신이 나서 마구 셔터를 눌러댔습니다.

한 2분쯤 지났을까?

님은 '고만 하자' 하셨습니다.

마음껏 찍으라고 해놓고선 금세 자리를 털고 일어서셨습니다.

그래도 저는 그날 정말 소중한 사진을 남기게 되었답니다.

2007년 9월 13일 청와대 본관 앞

2007년 9월 13일 청와대 본관 앞

어느 대통령이 본관 앞에서 이렇게 주저앉아 사진을 촬영하겠어요?

저의 영광이고 기쁨이었습니다.

많은 분들이 이 사진을 어떻게 찍게 되었는지 몰랐을 텐데

이제야 알게 되겠군요.

님은 저의 최고의 모델이었습니다.

지금 님이 계신 곳에선 누가 촬영해주나요?

제가 갈 때까지 기다려 주세요.

'그렇게 많이 찍었는데 아직도 계속 찍고 싶나?'
저는 웃으며 '네' 하고 대답했습니다.
'그럼 한번 니 마음껏 찍어봐라…
어디에서 포즈를 취하면 좋겠나?'

28

님은 청와대 내에서 나무와 꽃들을 보시면서 산책을 자주 하셨죠.

님이 이것저것 나무와 꽃들에 대해 설명하셨지만 전 아직도 모르겠어요.

하루는 산책을 하실 때

청와대 내 기능직 공무원들이 정원의 나무들을 가지치기 하고 있었죠.

지나가는 길목에 전동 리어카가 있어 제가 그걸 치우려고 했죠.

'내가 옆으로 지나가면 되는데 왜 일하는 걸 방해하느냐'

님은 이렇게 말씀하시며 옆으로 지나가셨습니다.

저는 머리를 긁적거리며 뒤따라갔습니다.

'님은 정말 합리적이고 소탈하며 대접을 바라지 않는 분이구나'

님을 존경하는 마음은 더욱 커졌습니다.

님에게 끌리는 이유는 이렇게 단순했습니다.

사람이 사람에게 끌리는 건 정말 아름다운 일입니다.

2007년 2월 23일 녹지원 산책

2007년 2월 23일 녹지원 산책

청와대 내에서 지나가다 기능직 공무원들을 만나면

그분들은 다들 피하려고 했지만 님은 불러서 악수하고 격려하시곤 했죠.

정말 순수하게 그분들과 대화하고 인사하고 가시는 님을

과연 좋아하지 않을 수 있을까요?

님이 본관에 들어가시고 제가 님이 가신 길을 되돌아갈 때

그분들이 저를 잡으시며 님과 찍힌 사진 좀 꼭 달라고 하셨죠.

(제 기억엔 드린 것 같지만 만약 못 드렸으면 정말 죄송합니다)

이분들이 저에게 하는 말씀이 20년 넘게 청와대에 근무하면서

가까이서 고개 숙여 인사하고 말씀을 건넨 대통령은 님이 처음이랍니다.

예전에는 대통령이 지나가면 다들 숨어 있었다는군요.

그분들과 대화하면서 제가 오히려 뿌듯하고 신이 났답니다.

그분들은 님의 격의 없는 인사와 다정한 대화에 감사하다고 말하며

눈가에 눈물이 촉촉이 맺혔답니다.

님이 옆에서 무슨 말을 했는지 기억도 잘 안 난다고 하더군요.

사실 님께서 저에게 편안히 말씀하실 때도 저는 늘 가슴이 뭉클했답니다.

님에게 끌리는 이유는 단순했습니다.

사람이 사람에게 끌리는 건 정말 아름다운 일입니다.

29

님이 이지원을 통해 공식문서의 전자결재를 많이 하시다 보니

직접 종이문서에 사인할 때는 어떻게 하는지 궁금했어요.

부속실 비서관들에게 물어보니 매일 하신다고 하더군요.

그래서 저는 그 모습을 담고 싶다고 몇 차례 말했습니다.

하루는 부속실에서 님이 직접 결재를 하신다고 연락이 왔죠.

그래서 카메라를 챙겨 냉큼 달려갔지요.

쌓인 결재 서류를 일일이 보시고 사인하는 모습을 찍었답니다.

님을 제가 계속 따라다닐 수 없다 보니

저는 매번 비서관 형들을 조르곤 했습니다.

님의 다양한 모습을 좀 더 많이 담고 싶다고요.

가능한 한 님은 저의 촬영에 제지를 하지 않으셨습니다.

덕분에 저를 비롯해 많은 사람들이 아직도 님을 추억하고 있습니다.

사진사로서는 참 기분 좋고 행복한 일이었지요.

민감한 모습까지 촬영을 허락해주신 님, 다시 한 번 고맙습니다.

무엇보다 님께서 저를 믿어주셨다는 사실이 저로서는 큰 기쁨입니다.

저 역시 님을 세상에서 가장 믿고 존경했습니다.

저는 아직도 님 생각에, 그리움에, 가끔씩 넋을 놓곤 한답니다.

오늘도 저는 하염없이 내리는 비를 보며 님을 떠올립니다.

2007년 2월 23일 본관 집무실

30

님은 손녀와 같이 있을 때 가장 환한 미소를 지으셨죠.

온갖 걱정과 근심 다 잊으시고 오로지 손녀만 쳐다보고 웃으셨죠.

그 모습은 여느 할아버지와 다르지 않았고 소년처럼 쾌활하셨답니다.

누가 뭐라 해도 님은 손녀를 위해서는 뭐든지 다해주는 할아버지였죠.

손녀를 목마 태우고 다니시고

이곳저곳을 같이 손잡고 걸어 다니시는 모습을 많이 담았습니다.

2007년 9월 13일 청와대 본관 앞 대정원

갑자기 저의 둘째가 생각나더군요.

님의 첫 손녀와 저의 둘째가 같은 해에 태어났거든요.

저는 청와대에 있다고 둘째가 태어난 순간에도 아내와 함께하지 못했죠.

지금도 가장 미안한 마음이 드는 자식이 저의 둘째랍니다.

(첫째와 셋째가 태어날 때는 옆에 있어 주었답니다)

그래서 님의 손녀를 담을 때마다 저의 둘째를 촬영하듯이 했답니다.

이제 님의 첫 손녀 서은이는 벌써 13살이 되어 숙녀 티가 난답니다.

서은이는 아직도 저를 기억하네요.

2007년 9월 13일 청와대 본관 앞 대정원

31

님은 짧게 1박2일 일정으로 저도를 가셨죠.

너무 짧은 일정이라 저는 정신이 없었답니다.

님은 그냥 가시면 되지만 저는 신발과 옷 등을 챙기고

카메라 장비와 여분의 배터리도 넉넉히 준비해야 했죠.

저도는 없는 게 많은 섬이잖아요.

진해에서 귀빈정을 타고 이동할 때 오랜만에 강금원 회장님이 함께했죠.

(님이 타는 모든 것이 1호가 되고 해군 배는 귀빈정이라고 하더군요)

이젠 하늘나라에 두 분이 같이 계시죠?

못다 한 이야기는 가끔 나누시죠?

이 사진을 볼 때마다 님과 강 회장님이 그리워지고 눈물이 나네요.

누군가가 그러더군요.

님을 좋아하고 그리워하시는 분들은 다들 일찍 님을 뵈러 간다고요.

전 아직 님을 그렇게 그리워하지는 않는 모양이네요.

아직 남아서 할 일들이 좀 많아요. 이해해 주실 거죠?

이날도 님은 배 위에서 군대 시절 훈련 받던 일화를 이야기하셨죠.

2007년 9월 23일 귀빈정(강금원 회장과 함께)

님이 아군, 다른 부대가 적군.

그래서 '손들어' 하면서 훈련했던 얘기를 하시는데

표정과 몸짓이 정말 생동감 있었죠.

저는 공군 방위 사진병으로 군 복무를 마쳐서 잘 모른답니다.

님은 군대 얘기를 많이는 하지 않으셨지만 정말 재밌게 말씀하셨습니다.

말하는 능력도 참 탁월하신 님의 말씀을 들으면서 촬영하다 보면

어찌나 재밌는지 가끔 촬영하는 걸 새까맣게 잊곤 했답니다.

저도 님의 그런 언변을 닮고 싶은데 제가 국어 실력은 젬병입니다.

물론 막말은 잘한답니다. 사투리도 잘하고요.

님이 한 번씩 구수한 사투리를 쓸 때 저는 가장 좋았습니다.

하여튼 님 덕분에 귀빈정을 타면서 항상 즐거웠답니다.

님, 하늘엔 배가 없겠죠?

어쩌면 우리들이 살고 있는 이 땅 위를 마음대로 날아다니시나요?

아직도 세월호에 남겨진 분들과 세월호를 건져올리실 수는 없나요?

님이 없는 빈자리가 아파옵니다.

2007년 9월 23일 귀빈정

누군가가 그러더군요.

님을 좋아하고 그리워하시는 분들은

다들 일찍 님을 뵈러 간다고요.

전 아직 님을 그렇게 그리워하지는 않는 모양이네요.

32

진주를 거쳐 부산까지 가야 하는 고된 하루였어요.

님과 함께 공군 1호기를 타며 서울로 올라가는 중이었죠.

하루 종일 카메라를 들고 뛰어다닌 터라 잠시 눈을 붙이려 누웠죠.

그때 부속실장이 다가와 님이 라면 드실 건데 촬영할 거냐고 물었습니다.

순간 잠이 싹 달아났죠. 바로 준비에 들어갔습니다.

님이 라면 드시기 전 부속실장이 촬영한다고 말씀드리고 제가 들어갔죠.

'별걸 다 찍네, 라면이 입으로 들어가는 건 찍지 말고… 이상하게 나온다'

님의 말씀에 '네' 하고 답하며 속으로 죄송한 마음이 들었습니다.

라면 드실 때 양쪽에 가지런히 놓인 신발도 한 컷 찍었습니다.

라면을 드시기 전 장면을 찍었습니다.

그런데 하지 말라고 하면 더 하고 싶어지는 게 사람 마음인가 봐요.

'에라, 모르겠다' 그런 심정으로 계속 촬영했습니다.

죄송합니다. 하지만 이상하게 나오지는 않았어요.

식사 후 님께서 사진 한 번 보자고 할까봐 조마조마 했답니다.

2007년 10월 31일 공군 1호기

님의 촬영을 마치고 제 자리로 돌아왔는데

충무김밥에 라면이 엄청 먹고 싶었어요.

그래서 저도 그날 집에 가는 길에 라면에 김밥을 먹었답니다.

1호기에서는 저희들에게 빵을 줘서 빵만 먹었답니다.

지금 생각해보면 님과 같이 식사를 하지 못한 게 가장 아쉬워요.

항상 멀리 다른 테이블에서만 먹었지 옆에서 먹은 적은 없네요.

저는 항상 님을 찍기 위해 준비하고 있어야 하므로

늘 시간에 쫓겨 빠른 시간 안에 최대의 양을 먹어야 했습니다.

그렇다고 제 비만의 원인이 그것 때문이라고 말하는 것은 아니에요.

희한하게도 님의 식사 모습을 촬영하면 꼭 그게 먹고 싶어진답니다.

님, 나중에 제가 라면 끓여드릴 기회가 있을까요?

제가 라면 하나는 끝내주게 끓인답니다.

님이 좋아하시던 라면, 같이 드실래요?

2007년 10월 31일 공군 1호기

33.

경복호는 새마을호를 님의 전용열차로 개조한 것이죠.

님과 이 열차를 타고 지방으로 다닐 때는 수행원 일부만 같이 탔죠.

그런데 경복호를 탈 때마다 흡연 욕구를 참기 힘들었답니다.

이리저리 헤매다 유일하게 담배를 피울 수 있는 공간도 몰래 찾았답니다.

님은 절대 모르실 겁니다.

님은 잠깐 동안 담배 한 모금에 시름을 떨치고

충남으로 가는 길에 메이크업을 하셨죠.

님은 임기가 끝나면 가장 기분 좋은 일로

더 이상 메이크업을 하지 않아도 되는 것이라고 여러 번 말씀하셨죠.

행사 전마다 하는 메이크업은 정말 곤욕이라 하셨죠.

하지만 이 시간에도 주위에선 일정을 보고하느라 정신없었죠.

이 부분을 그대로 담아둔 걸 지금 정말 다행이라고 생각합니다.

주위에선 그만 촬영하라고도 했지만

저의 촬영 욕심은 끝이 없었습니다.

2007년 10월 24일 경복호

님께서 메이크업 말고 또 귀찮아하셨던 일이 사진 촬영이었죠?

그래도 묵묵히 저의 촬영을 견디어 내셨습니다.

대통령은 모든 걸 기록으로 남겨야 한다고 님은 말씀하시곤 했죠.

낱낱이 투명하게 기록하는 것도

님은 대통령의 소중한 임무라 생각하셨죠.

역사를 위한 님의 결단과 용기를 저는 존경합니다.

모든 대통령이 이렇게 기록과 촬영에 관대하진 않았으니까요.

그래서 저는 더욱 님 가까이에서 모든 걸 사진으로 담아내고 싶었죠.

님의 더 많은 진심과 열정을…

님은 소중한 사랑을…

34

님의 골프 자세는 한 눈에 봐도 정말 좋았어요.

당시 전 골프를 칠 줄 몰랐지만 TV에서 프로선수들의 경기를 많이 봤죠.

님의 골프 자세는 그들 못지않았어요.

골프 치기 전 준비 운동 하시는 모습을 좀 멀리서 찍어봤습니다.

첫 홀을 시작할 때 옆에서 촬영하는데,

님은 저에게 '공 맞는다, 조심하라'고 말씀하셨습니다.

역시 별 걸 다 찍는다는 푸념도 늘어놓으셨고요.

님이 그렇게 저에게 불만을 얘기하실 때면 저는 더 신이 났죠.

그만큼 저를 편하게 느끼시고 하신 말씀이니까요.

스윙연습장

2005년 10월 18일 태릉 골프장

나중에 저도 골프를 배워봤지만 님처럼 멋진 자세가 나오지 않더군요.

골프엔 소질이 없으니 그냥 님과 함께했던 기억만으로 만족합니다.

그리고 님이 18홀을 도는 동안 저는 휴식시간을 가졌답니다.

편안히 차에서 잠도 자고

연습장에서 혼자 공을 몇 개 쳐보기도 했죠.

아주 오랫동안 님이 골프를 치길 바라는 저의 바람과는 반대로

님은 생각보다 빨리 끝내고 돌아오셨습니다.

나중에 님이 퇴임하시면 저도 골프를 제대로 배워서

님과 함께 라운드를 돌고 싶었는데…

골프장을 지나칠 때면 그때 생각이 납니다.

35

어느덧 두 번째 생일을 맞은 서은이를 촬영할 때였습니다.

님의 표정은 무척 다정다감했습니다.

손자를 사랑스럽게 바라보는 여느 할아버지와 다르지 않았지요.

우산 선물을 받고 좋아하는 서은이를 쳐다보는 님의 표정을 담으려고

저는 거의 눕다시피 촬영했답니다.

님은 이 사진이 기억나나요?

복잡한 국정을 잠시 잊고 님이 가족과 즐거운 한때를 보낼 때면

제가 마치 우리 가족들과 함께 있는 것처럼 덩달아 즐거웠답니다.

물론 저희 아이들과 아내는 저 없는 시간을 견뎌야 했지만요.

님이 웃으면 저도 웃고 님이 울면 저도 함께 울었습니다.

2006년 1월 14일 청와대 관저 대식당

편지를 계속 쓸수록 님을 너무 미화하는 건 아닌지 모르겠네요.

님에 대한 저의 그리움과 안타까움은 끝이 없습니다.

저의 사진과 이야기가 님에게 추억을 떠올리게 했으면 좋겠습니다.

님과 아름다운 추억을 가지고 있다는 것 자체가

저에게는 큰 즐거움이고 행복입니다.

님은 저에 대해 어떤 추억이 있는지 궁금하네요.

만약 없다면 이 편지가 그런 추억이 되길 바랍니다.

36

관저를 들어가려면 마지막 관문인 경호동을 지나야 하지요.

큰문은 님이 가실 때만 열어두고

평소에 다른 사람들은 작은 문을 통과해야 하지요.

전 가끔 관저에서 대기하기 답답할 때면

경호동에서 경호관들과 같이 대화하면서 시간을 보내곤 했습니다.

여기는 3명이 한 조로 항상 CC TV를 모니터링하고 주변을 살피죠.

참 삼엄한 분위기인 이곳에서도 저는 간식이 있으면

제 것인 것처럼 찾아 먹었죠.

님의 촬영을 위해 언제든 출동 대기를 해야 하기 때문에

저는 평소에 눈에 띄는 음식을 먹어두는 습관이 생겼답니다.

그래서 청와대에 있는 동안 체중도 많이 늘었죠.

2006년 5월 20일 청와대 관저 앞 마당

이날도 일찍 오전에 와서 대기를 하다가

님이 나오시기에 얼른 관저 마당에 가서 한 컷 촬영했죠.

인수문으로 걸어오시다가 갑자기 경호실 쪽으로 몸을 돌리시며

이곳은 어떻게 되어 있나 하시면서 살펴보셨죠.

잠시 경호관들과 대화를 나누시곤 다시 들어가셨죠.

다들 깜짝 놀라서 저에게 혹시 촬영했냐고 묻기에

님의 뒷모습 밖에 촬영하지 못했다고 했습니다.

경호관들은 '이곳 창문 열어보신 대통령은 님이 처음'이라고 하더군요.

역시 님은 호기심이 많아 주변을 세심하게 살피시죠.

하지만 이 호기심은 항상 따뜻한 관심과 존중에서 비롯된 것이지요.

2006년 5월 20일 청와대 관저 입구 경호실

청와대 직원들이 어떤 환경에서 일하나 하고 직접 살펴보는 것은

함께 일하는 사람들에 대한 애정이 있기 때문이지요.

직업의 높고 낮음을 따지지 않고 님에겐 모두 소중한 '사람'일 테니까요.

님, 사진 속의 이야기를 이렇게 풀다 보면

저도 모르게 혼자서 웃기도 하고 울기도 한답니다.

님은 지금 빙그레 웃으시면서 저를 보고 계시겠죠?

사진은 그대로 있지만 사진 속 님은

끊임없이 저에게 새로운 이야기를 하시는 듯합니다.

누구도 알지 못하는 님과의 대화를 지금 나누고 있답니다.

청와대 직원들이
어떤 환경에서 일하나 하고
직접 살펴보는 것은
함께 일하는 사람들에 대한 애정이 있기 때문이지요.
직업의 높고 낮음을 따지지 않고
님에겐 모두 소중한 '사람'일 테니까요.

울림

37

유럽 마지막 순방국인 프랑스에서 일정을 마치고

프랑스 영빈관에서 프랑스 경호 팀과 님의 기념사진을 촬영한 후

님이 나오실 때 영빈관 내부 모습과 같이 담아보려고 기다렸죠.

비서관과 경호원들은 모두 짐을 챙기며 바쁘게 나다녔고

문득 주위를 보니 님과 저 그리고 여사님만 남게 되었습니다.

그리고 님이 영빈관 내부를 둘러보시는 모습을 촬영하고 있었죠.

아무 말씀도 없이 주위 그림을 둘러보시는데

왠지 무거운 느낌이 들었습니다.

여사님도 '꽃도 예쁘고 그림도 좋다'며 기념사진을 찍자고 하셨습니다.

두 분은 소파에 나란히 앉으셨고 한 컷 촬영한 뒤였습니다.

님께서 갑자기 물으셨습니다. '다들 갔는가?'

'네, 밖에 차량에 모두 탔습니다.'

'같이 기념사진 촬영할 시간은 있겠나?'

저는 님의 말이 끝나기 무섭게 후다닥 문을 열고 나갔죠.

허겁지겁 뛰어나온 저를 보고 경호팀은 깜짝 놀랐죠.

'빨리 수행원들 오시랍니다. 님께서 기념사진 찍자고 하십니다.'

서둘러 내려가 수행원들이 탄 미니버스에 가서도 전달하고

전 후다닥 영빈관 안으로 들어가 의자 두 개의 위치를 잡았습니다.

수행원들이 허겁지겁 뒤따라왔고 서둘러 기념촬영을 마쳤습니다.

준비가 채 되지 않은 상황이라 그냥 영빈관이라는 느낌만 살렸습니다.

그러고 나서 바로 차량을 타고 공항으로 이동했습니다.

2004년 12월 7일 프랑스 영빈관

잠시 후 비행기는 떴고 서울로 가는 줄만 알았습니다.

그런데 비행기는 서울로 가지 않는다고 님은 긴급 발표를 했습니다.

우리 군이 파병된 이라크로 간다는 것이었습니다.

그 순간 왜 님께서 기념사진을 찍자고 했는지 어렴풋이 깨달았습니다.

우리의 젊은이들이 주둔한 전쟁터에서 어떤 일이 생길지 몰랐을 테지요.

그래서 님의 얼굴은 왠지 어둡고 무거워 보였나 봅니다.

아무튼 이 사진은 그 뒤에 한참 고민하게 만들었습니다.

항상 님의 얼굴을 보고 사진을 찍다 보니

님의 얼굴 표정으로 님의 기분과 처한 상황을 짐작할 수 있었습니다.

'그래, 저 때는 이런 일들이 있어서 많이 괴로우셨을 거야.'

님이 그리울 때마다 항상 님의 사진을 들춰보곤 하면서

혼자서 이런저런 생각을 해봅니다.

38

저녁 만찬을 마치고

손님들을 밖까지 배웅하시고 여사님과 들어가시는 모습입니다.

왠지 짠해서 한 컷 촬영한 겁니다.

아무도 없고 두 분만 계시는 철창 없는 관저는 가끔 쓸쓸해 보입니다.

님이 뒷모습이 대부분 쓸쓸해 보이는 이유는

님이 지금 이곳에 계시지 않아서 더 그런 듯합니다.

이 편지를 쓰는 곳도 님과 함께 왔던 곳입니다.

님을 느끼기엔 한없이 부족하지만

님이 즐겁게 방문했던 파주 헤이리 마을이죠.

오늘도 님에게 띄우는 편지를 쓰면서

님의 뒷모습 사진을 보며

울컥하는 마음을 머금고 다시 마음을 다져 봅니다.

님이 원하는 민주주의, 원칙과 상식이 통하는 세상에 대해

다시 한 번 고민하고 깊이 되새겨 봅니다.

이렇게 힘들게 쓰는 편지가 님에게 전해지면 좋겠습니다.

부치지 못한 편지.

부질없는 편지.

안타까운 마음만 가득합니다.

2007년 10월 16일 관저

님의 뒷모습 사진을 보며

울컥하는 마음을 머금고 다시 마음을 다져 봅니다.

님이 원하는 민주주의,

원칙과 상식이 통하는 세상에 대해

다시 한 번 고민하고 깊이 되새겨 봅니다.

39.

희망돼지 저금통.

그날 오전에는 촉촉하게 비가 내렸지요.

누군가를 슬프게 기다렸는지 그분들이 도착하자 비는 그쳤어요.

님이 그렇게 기다리고 보고 싶어 하고 미안해하던

그분들은 소박한 복장으로 님을 기다리고 있었습니다.

님을 그리도 보고 싶고 만나고 싶었지만

님에게 부담을 안주겠다고 님이 나랏일에 바쁘다고

자신들은 님을 도운 이유로 검찰에 고발되고 조사받고 벌금을 내도

그분들은 누구 하나 님을 원망도 하지 않고

오히려 자신들이 미안해하는 편지에 저도 눈물이 났습니다.

님 주위엔 이렇게 보이지 않는 곳에서 지켜주는 분이 많았답니다.

지금은 각자 다른 곳에서 님의 뜻을 이어갈 누군가를 돕고 있답니다.

이분들과 저의 공통분모가 있답니다.

바로 님입니다.

님이 이날 이분들에게 죄송해서 흘린 눈물은

지금 우리 모두의 눈물이 되었습니다.

매번 님이 그리우면 눈물샘에서 눈물이 흘러내립니다.

님도 하늘에서 이렇게 우릴 보면서 눈물 흘리시나요?

이젠 흘리지 마세요.

그러면 우리가 더 아파할 겁니다.

누군가의 소설에 나오는 구절이 떠오릅니다.

보아도 좋다

보지 않아도 좋다

그러나 나는 피련다…

오늘도 조용히 님을 떠올리며 저녁 하늘을 봅니다.

✶

2006년 8월 27일 본관 충무실(희망돼지 저금통 노사모 회원들과 오찬)

40

관저에서 님의 환갑잔치를 소박하게 열었습니다.

단체 촬영을 할 때도 님은 '이런 걸 꼭 찍어야 하나' 하셨죠.

결국 여사님의 말씀대로 사진을 촬영했죠.

기념사진을 찍고 나서 관저 야외 잔디밭을 거닐면서

여전히 님의 얼굴은 무거웠습니다.

'왜 그럴까? 무슨 일 있나'

저 혼자 괜히 더욱 긴장하고 조심스러웠습니다.

평소 같으면 케이크의 촛불도 그냥 가볍게 부시고

재치 있는 말씀으로 참석자들을 웃음 짓게 하셨을 텐데…

이 날만큼은 전혀 그런 말씀과 행동이 없으셨습니다.

손가락으로 케이크를 맛보는 장면을 찍고 싶었는데 아쉬웠죠.

'오늘 내가 촬영할 때 실수 한 게 있나?'

님을 따라다니면서 머릿속이 복잡했답니다.

하지만 곧 그 이유를 알게 되었습니다.

님이 인사말을 할 때 저도 그만 눈물을 흘리고 말았죠.

흔들리는 카메라를 겨우 다잡았답니다.

님은 어머니 얘기를 하시면서 목소리가 떨려왔고 눈물을 삼키셨죠.

곧이어 여사님과 다른 가족들도 눈시울이 붉어졌습니다.

촬영을 마치고 돌아서면서

저도 저희 부모님께 불효만 한 것 같아 죄스러웠습니다.

아직 건강하실 때 효도해야 하는데…

님께서 왜 힘들어 했는지를 알고 나서는

제 마음도 발걸음도 무거운 하루였습니다.

님은 이제 그곳에서 부모님을 만나셨나요?

님은 없지만 이곳에서는 님의 칠순을 기념했습니다.

그곳까지 전해질지 모르겠지만 마음의 케이크를 보내드립니다.

생신 축하드립니다.

2006년 9월 23일 청와대 관저 환갑잔치

41

님은 등산을 좋아하셔서 기자단과도 등산도 자주 하셨죠.

재임기간 중 4번 이상 가신 것 같아요.

기자단과 등산 일정은 항상 긴장되고 걱정이 앞섰습니다.

님은 항상 언론과는 긴장관계를 유지해야 한다고 말씀하시곤 했지요.

하지만 실제로 님이 일선 기자들과 만나면

화기애애한 분위기 속에서 격의 없는 대화가 오갔죠.

누구든지 궁금한 것을 자기검열 없이 질문했고 님은 성실히 답했지요.

님의 말씀은 항상 쉽고 명료했으며 거짓이 없었습니다.

그때는 질문 내용을 사전에 조율한다는 것은 상상도 못할 일이었지요.

하지만 지금은 어떤가요?

2006년 2월 26일 출입기자단과 북악산에서

우리는 그저 대통령의 사생활을 궁금해 하는 것이 아닙니다.

국정 전반에 대한 대통령의 생각조차 좀처럼 들을 수 없는 시절입니다.

그 당시 기자단들도 서로 '짜고 치는' 질의응답은 용납하지 않았지요.

그래서 기자들과 님의 대화와 토론은 항상 웃음이 끊이질 않았죠.

하지만 그런 현장 분위기가 그대로 기사화되지는 않았습니다.

오히려 대부분의 기사는 님에 대한 부정적 내용으로 편집되기 일쑤였죠.

그들은 님의 진심이 국민들에게 올바로 전달되는 게 두려웠을까요?

그래도 님은 포기하지 않고 언론과의 대등하고 건강한 관계를 꿈꾸셨죠.

끊임없는 님의 노력과 포기하지 않는 헌신에서

저는 늘 배우고 또 배웠답니다.

그들은 님의 진심이
국민들에게 올바로 전달되는 게
두려웠을까요?

42

폭설로 비닐하우스 농가들의 피해가 컸던 때였죠.

님은 급히 현장으로 달려가셨습니다.

군 장병들이 피해 복구를 위해 분주한 모습을 둘러보셨습니다.

군인들을 격려하기 위해 직접 악수를 했었지요.

작업을 하다 멈춰선 장병의 차가운 두 손을 잡으며

'손은 괜찮나요?' 하고 물으셨죠.

추운 날씨에 손이 시려 고생하지 않을까 염려하셨지요.

단 그 한 마디였지만 장병도 저도 그 자리에 있던 모두 찐했답니다.

그리고 장병들의 방한복과 방한 장비들의 보급이 잘 되는지도 점검했죠.

님은 참 멋진 분입니다.

님은 우리와 똑같이 현역으로 군복무를 마치셨죠.

그래서 그런지 말 한 마디에 진정성이 묻어났습니다.

진심이 담긴 말 한 마디는 온갖 수식을 갖다 붙인 장황한 말보다

힘이 세고 울림이 큽니다.

님은 계산된 언어로 계획된 장면을 연출하지 않으셨습니다.

그저 진심 하나만으로 사람들을 대하셨으니

그 자리에 있던 군인들은 얼마나 뿌듯하고 위로를 받았겠습니까?

님은 피해 농민들과도 한참을 얘기하시고 지원 경찰도 격려하셨죠.

주위 사람들은 모두 장화나 등산화 등으로 만반의 준비를 했지만

님은 가벼운 구두만 신고 피해 현장을 하나하나 살펴보셨죠.

종이컵에 담긴 따뜻한 차 한 잔도 소중히 받아 드시며

그 자리에 함께 있는 모든 이들에게 감사와 경의를 표하셨습니다.

한 국가의 리더라면 당연한 일일 테지만

지금 대한민국에서는 그런 님이 더욱 그립기만 합니다.

님은 국민의 진정한 리더였습니다.

2006년 1월 2일 폭설로 인한 피해지역 복구 현장(전북 고창)

43.

영화 '밀양'이 개봉하고 나서

얼마 지나지 않아 님은 밀양에 갔었지요.

영남루 밑을 굽이굽이 흐르는 밀양강은 정말 아름다운 풍광이었죠.

영남루를 올라가려는데 '신발을 벗고 올라가라'는 안내 문구를 보고

님은 등산화 끈을 풀기 위해 마루턱에 걸터앉으셨지요.

주위에서 그냥 신고 올라가도 괜찮다고 말씀드렸지만

'신발 벗고 가라는데 나만 어기면 쓰나' 하고 말씀하셨죠.

님은 영남루 안을 실내화를 신고 다니셨죠.

대통령이라 해서 특권을 누려야 한다는 의식이 님에겐 없었습니다.

오히려 국민들이 지키는 규범에 한 치의 어긋남도 없었지요.

반입 금지 · 신발은 신발장에   십시오.

2007년 7월 14일 밀양 영남루

툇마루 밑 섬돌에 등산화를 벗어놓으시는 모습을 보며

그 누가 님을 좋아하지 않을 수 있겠습니까?

번거롭고 귀찮은 일이지만 누구나 지키는 약속이기 때문에

님은 한 사람의 시민으로서 특권의식을 갖지 않으려 했습니다.

권력을 가질수록 그 권력에 취해 특권을 누리려는 자들과는 달랐지요.

님은 항상 겸손했고 작은 배려에도 고마워했습니다.

님은 행동으로 자신의 신념과 가치를 보여주기 위해 노력했지요.

많은 이들이 님의 그런 모습을 본받고 따라가고자 하는 것일 테지요.

사소해 보이는 말 한마디, 행동 하나에 그 사람의 신념이 깃들어 있기에

님의 모든 것을 저는 사진으로 담았고

지금 이 순간에도 떠올리며 마음에 되새깁니다.

2007년 7월 14일 밀양 영남루

님은 한 사람의 시민으로서

특권의식을 갖지 않으려 했습니다.

권력을 가질수록 그 권력에 취해 특권을 누리려는

자들과는 달랐지요.

44

님은 2006년 12월 유달리 매주 산행을 나가셨죠.

저는 카메라를 메고 님을 따라다니기가 버거웠답니다.

말도 못하고 겨우겨우 올라가면서 '내가 왜 사서 고생하나' 싶었습니다.

마음속으로는 '다음 주에는 좀 쉬었으면…' 이렇게 빌었답니다.

님은 산을 아주 잘 타셔서 빨리 걸으셨고

그만큼 저는 헉헉거리며 뛰어다녀야 했지요.

하지만 나중에는 저도 단련되어 북악산 정도는 가볍게 올라가곤 했지요.

북악산 정상에 도착하면 어김없이 나타나는 것이 방석이었죠.

경호팀에서 항상 방석과 간식(곶감과 오이 등)을 준비했습니다.

하지만 님은 자주 방석 없이 쪼그려 앉아서 곶감을 드시곤 했죠.

님은 쪼그려 앉는 자세가 편안하다며 경호팀을 머쓱하게 했죠.

곶감 속에 들어 있는 씨를 훅 뱉기도 했습니다.

씨는 그냥 버려도 된다며 말이지요.

거름이 되기도 하고 새들이나 야생동물의 먹이가 되기 때문이라면서요.

씨를 뱉는 순간을 포착하여 찍기도 했습니다.

저도 님이 주신 곶감을 먹고 씨는 옆에다 아무렇게나 뱉었답니다.

님은 그런 행동 하나하나가 옆집 아저씨처럼 평범했습니다.

그런 평범함과 편안함이 오히려 오해를 사기도 했지요.

대통령의 권위와 위엄이 없다는 둥 하면서요.

그들이 말하는 권위와 위엄은 특권의식일 뿐입니다.

민주주의 국가에서 권력은 국민으로부터 나오고

대통령은 국민으로부터 위임받은 한시적 권한을 행사할 뿐이지

결코 국민들 위에 군림하는 사람이 아니지 않나요?

오히려 위엄과 권위는 약자에게 보여주는 것이 아니라

외교와 국방에서, 법 위에 군림하려는 기득권 세력에게 보여줘야죠.

2006년 12월 16일 북악산

님은 그렇게 하기 위해 무던히도 애쓰셨습니다.

그리고 약자에겐 한없이 따뜻하고 겸손했습니다.

저는 늘 그런 님에게 고개 숙이며 님의 말씀을 경청했습니다.

님은 스스로 한 사람의 국민이길 원했고

한시적으로 위임받은 권한으로 약자를 지키고자 했던 분입니다.

이제 님을 존경하는 많은 분들이 님의 뜻과 꿈을 이어갈 것입니다.

님, 감사합니다.

민주주의 국가에서

권력은 국민으로부터 나오고

대통령은 위임받은 한시적 권한을 행사할 뿐이지

결코 국민들 위에 군림하는

사람이 아니지 않나요?

45

님과 여사님의 다정한 뒷모습입니다.

공항에 도착해서 비행기에서 내려가실 때

님은 여사님이 계단에서 넘어질까 봐 항상 손을 잡거나 팔짱을 끼셨죠.

님은 여사님의 버팀목이었습니다.

지금 그 빈자리를 많은 사람들이 대신하고 있습니다.

님의 소중한 여사님은 저에게도 소중합니다.

이제 님은 안 계셔도 저희가 자주 찾아뵙고 인사드리고 있습니다.

지금까지 그렇게 하지 못해 아쉽지만

조만간 여사님과 같이 산행도 해보려고 합니다.

2006년 12월 5일 호주

2007년 9월 6일 호주

님도 그때 하늘에서 지켜봐 주세요.

님은 그날 날씨가 화창하고 맑도록 도와주세요.

제가 여사님을 뵈러 갈 때 미리 님께 편지 보내겠습니다.

님도 바람으로 안부 전해 주세요.

님에 대한 그리움은 이제 희망과 기쁨으로 바뀌어가고 있습니다.

저도 깨어 있는 시민, 용기 있는 행동으로 앞으로 나아갈 겁니다.

멈추지 않겠습니다.

내일이 희망으로 밝아올 때까지…

46.

유일하게 촬영하지 못한 게 님의 이발 모습이에요.

왜 촬영하지 못했는지 지금도 아쉬움이 남는답니다.

관저에서 진행되는 메이크업은 늘 시간이 촉박했죠.

님은 보고를 받으면서 메이크업을 받곤 했습니다.

한시도 그냥 메이크업만 하신 적이 없었어요.

아마 메이크업을 싫어하셨기에 항상 늦게 하신 듯해요.

기름종이로 얼굴을 누르는 모습을 전 처음 봤답니다.

연예인이 아닌 한 남자가 하는 경우는 많지 않으니까요.

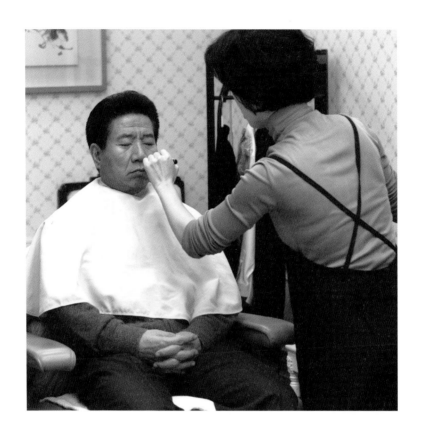

2007년 1월 9일 청와대 관저

님은 저에겐 슈퍼스타였고

많은 걸 가르쳐주신 스승이었으며

가장 믿고 의지하는 존경의 대상이었습니다.

님이 있었기에 지금의 제가 있습니다.

님 덕분에 저는 아직도 많은 사람들의 사랑을 받고 있답니다.

이제 그 사랑을 더 많은 분들에게 나눠드리려 합니다.

님, 지켜봐주세요.

47

이날은 정말 바쁘게 돌아다녔습니다.

무슨 담화문인지는 모르겠습니다.

담화 내용을 계속해서 수정하고 회의하는 과정을 담았지요.

님은 관저에서 출발하기 전 메이크업을 하고 국무회의를 마치고

담화 준비에 몰두하셨죠.

전 뭔지도 모르고 그냥 신나서 사진만 찍었습니다.

본관 소집무실에 들어가셨는데,

그곳에서 님과 저만 남았습니다.

갑자기 윤태영 비서관을 찾으셨고 심각하게 원고를 보셨죠.

엄숙한 분위기 속에서 전 그냥 촬영에 열중했습니다.

메이크업 도중에도 내용에 대해 얘기하시고

비서관들은 받아 적기 바빴습니다.

누구도 저에게 그만 찍으라는 말을 하지 않을 만큼 정신없었죠.

그래서 저는 더욱 신이 나서 촬영한 듯합니다.

2007년 1월 9일 청와대 본관 소집무실

2007년 1월 9일 청와대 본관 소집무실

2007년 1월 9일 청와대 본관 집무실

이 사진들은 훗날 많은 분들이 좋아하는 장면이 되었습니다.

메이크업을 마무리하고 담화문 발표장에 가기 직전까지

지시와 수정이 반복되었습니다.

아무튼 전 이날 다양한 장면을 찍을 수 있었습니다.

하지만 지나고 보니 님에게 이날 제가 좀 무례했다는 생각이 듭니다.

님은 저에게 아무런 말씀을 안 하셨기에 이 사진들이 나온 것이죠.

감사드립니다.

요즘 들어 부쩍 님의 빈자리가 크게 느껴진답니다.

다시 한 번 님의 목소리를 듣고 싶습니다.

저에게 혼도 내시고 이야기를 해주시면 좋겠는데…

그리움만 깊어갑니다.

48

님과 처음 기념촬영을 한 날입니다.

북한에서 님과 함께한 기념사진은 저에겐 소중하다 못해

저희 집안 가보로 물려줄 만큼 의미가 큽니다.

님께서 저에게 하셨던 말씀이 지금도 귓가에 맴돕니다.

'자네는 왜 이름표를 안 넣는가?

다른 사람 촬영할 때는 다 이름표 넣으라고 하면서

본인은 그냥 촬영하려고 하나?'

이 말에 주위 분들도 웃고, 전 긴장해서 어찌해야 할지 몰랐죠.

촬영할 때는 이렇게 긴장을 안 했는데

왜 이리 떨리고 긴장이 되던지…

그리고 촬영 뒤 얼른 카메라를 받아 파일을 확인하기 바빴어요.

님과 처음 찍은 사진인데 잘 못 나오면 안 되잖아요.

2007년 10월 4일 남북정상회담(평양 백화원 초대소)

북한 백화원 초대소에서 찍은 님과의 기념사진은

통일이 되면 그곳에 꼭 기증하고 싶습니다.

받아 줄지 모르겠지만요.

이날은 아침부터 저녁까지 한 끼도 못 먹고 촬영한 유일한 날이지요.

이렇게 바빴던 날도 드물었습니다.

평양에서 개성으로 그리고 다시 서울로 돌아왔지요.

정신없었던 그날 밤 혼자 춘추관을 걸어가며

남북정상회담이 열리는 역사적인 날,

님과 함께 기념촬영을 했다는 사실에 벅찬 감동이 일었답니다.

2007년 10월 2일 남북 군사분계선(임진각)

님이 처음으로 북한을 방문하기 위해 군사분계선을 넘으며

저에게 하신 말씀이 기억에 남습니다.

'남는 건 사진뿐이다, 이번엔 기념촬영 좀 하자

사진사 어디에 갔노'

'네, 옆에 있습니다'

전 정말 기쁘게 웃으며 님 옆에 딱 붙어 다녔죠.

2박 3일 동안 일정이 빡빡했고 많은 일들이 있었습니다.

님께서 모르신 일들도 많았지만 이 편지엔 차마 다 적지 못하겠네요.

다음에 만나면 못 다한 이야기를 들려드리겠습니다.

49

님과 떠난 참여정부 마지막 여행이었습니다.

이날 저녁엔 너무 울어 눈이 퉁퉁 부어 눈을 뜰 수 없었습니다.

저는 다음 정부와 인수인계를 위한 청와대에 1년 더 머물기로 했지요.

모두 저를 곱지 않은 시선으로 바라봤습니다.

하지만 님께선 저를 이해해주셨고 나무라지 않으셨습니다.

전문직이라는 특수성을 언급하시며 배려해주셨죠.

하지만 저는 혼란스러웠습니다.

저에 대해 느끼는 배신감을 어떻게 해야 할지

저에게 쏟아지는 비난을 어떻게 감당해야 할지…

이날 이후 일 년 동안 서글피 울고

잠을 이루지 못한 나날들이 이어졌습니다.

님과 함께 진해공관으로 떠난 마지막 1박 2일의 동행은

저에겐 아직도 죄송하고 부끄러운 날이었습니다.

2008년 2월 02일 저도 공관

모두 저를 곱지 않은 시선으로 바라봤습니다.

하지만 님께선 저를 이해해주셨고

나무라지 않으셨습니다.

전문직이라는 특수성을 언급하시며 배려해주셨죠.

50.

출장을 다녀온 새벽이었습니다.

잠을 청한 지 얼마 되지 않았는데 아내가 흔들어 깨웠습니다.

'대통령님이 돌아가셨대, 속보가 떴어!'

이게 무슨 말인가? '아니야, 잘못 들은 거야, 내가 꿈꾸고 있는 거야'

TV를 보니 속보 창이 계속 뜨고 다른 채널도 마찬가지였어요.

새벽에 내팽개친 출장용 가방을 그대로 들고 바로 봉하로 출발했습니다.

속도를 얼마나 내고 달렸는지 기억이 나질 않습니다.

내려가는 도중에 계속 전화를 하면서 사실이냐고 묻고 또 물었습니다.

운전대를 잡고 '이건 사실이 아니야'라며 계속 중얼거렸습니다.

무엇을 어떻게 해야 할지 막막했습니다.

운전을 하면서도 님의 영정사진 때문에 계속 전화로 협의해야 했습니다.

그때까지도 현실인지 아닌지 분간이 되지 않았습니다.

어느 순간 봉하에 도착했습니다.

봉하에 도착하니 이미 많은 분들이 오기 시작했습니다.

2009년 5월 23일 봉하

방송사 중계 차량들도 속속 자리를 잡았습니다.

눈물을 흘리며 주위에 서 있는 시민들이 보였습니다.

이제야 조금 실감이 나는 듯했어요.

카메라를 다시 꺼내어들고 언제 님이 오시냐고 물었습니다.

곧 도착한다는 소식을 듣고 밖으로 나갔습니다.

이미 밖은 통제선과 경찰, 시민, 취재진으로 혼잡스러웠습니다.

'아! 어떻게 하면 되지?' 스스로 계속 물었습니다.

퇴임 이후 님 곁에 있겠다는 약속을 지키려고 했는데

이제야 님을 만나러 왔다고 마음 깊은 곳에서 외치고 있었습니다.

멀리서 님이 타신 운구 차량이 다가오고 있었습니다.

눈물이 앞을 가려 아무 것도 보이질 않더군요.

주위에서 우는 소리가 크게 들렸지만 전 그러지 못했습니다.

죄인이었고 약속을 지키지 못한 어리석은 놈이었습니다.

님 곁에 있지도 못한 죄인이 이렇게 서서

님을 구슬피 쳐다만 보았습니다.

소리 내지도 못하고 거대한 죄책감이 저를 짓눌렀습니다.

운구 차량이 제 앞에 멈추었습니다.

머지않아 님을 다시 만나러 오겠다고 다짐하고 약속했는데

이렇게 소리 없이 좁은 곳에 누워 계시는 님과 마주하게 될 줄은…

나지막이 다시 님을 불러 봅니다.

눈물로 흐릿해진 시야 속에서 님의 운구차량을 보며 조용히 외칩니다.

'대통령님, 촬영하겠습니다.'

2009년 5월 23일 봉하

나지막이 다시 님을 불러 봅니다.
눈물로 흐릿해진 시야 속에서 님의 운구차량을 보며
조용히 외칩니다.

'대통령님, 촬영하겠습니다.'

51.

님을 떠나보내기 위해 화장터로 가기 전

이젠 '대통령의 집'으로 이름이 바뀐 사저를 들러 가는데

님을 모시던 비서관들과 영정을 뒤따르는 사람들이 눈물을 훔쳤습니다.

제 얼굴에도 뜨거운 눈물이 흘렀습니다.

저는 어떻게 걸어 다니며 이 사진을 찍었는지 모르겠습니다.

님이 떠난 뒤 많은 분들이 같이 슬퍼하고

지키지 못한 것을 후회하고 죄송해 했답니다.

저 또한 박석에 새길 글을 적으라는 부탁을 받았지만

죄인이 무슨 할 말이 있겠냐며 마다했습니다.

인사드릴 면목도 없고

얼굴도 못들 정도로 죄송하고 참담한 나날들이 지나갔죠.

저녁만 되면 술을 마시고 잠을 억지로 청했습니다.

그렇게 님의 영결식이 지나갔습니다.

2009년 5월 29일 봉하 사저

49재를 치르기 전까지 넋 놓고 지내는 저를 위해

많은 분들이 일감을 주시기도 했고 차비와 용돈을 하라며 돈을 건넸지요.

집안 형편은 어떻게 돌아가는지 신경조차 쓰지 못했습니다.

49재를 치르며 어떻게든 마음을 추스르려 했지만 안 되더군요.

님의 사진만 보면 눈물이 흐르고 무엇을 해야 할지 막막했어요.

다시 한 번 마음을 굳게 다진 것은 여사님 때문이었습니다.

여사님을 뵈면서 이제 여사님을 지켜야겠다는 생각이 들었습니다.

지금은 열심히 일을 하면서 일 년에 몇 번은 찾아뵙고 있습니다.

자주 못 찾는 것은 저의 게으름 때문입니다.

좀더 자주 뵙고 싶지만 사는 게 여의치 않네요.

님, 이해해 주실 거죠?

이제 봉하에는 님을 기리는 기념관이 들어설 예정입니다.

님의 추억과 역사는 다시 태어나고 알려질 것입니다.

님은 떠나지 않았답니다. 우리 곁에 항상 계시니까요.

누군가는 님의 이름 뒤에 늘 패권주의를 갖다 붙이곤 합니다.

많은 이들이 아직까지 님의 뜻을 기리는 게 부러운가 봅니다.

님이 여전히 사람들을 불러모으는 게 두려운가 봅니다.

그들은 아직도 모르고 있습니다.

진정 두려워해야 할 대상은 국민이라는 것을…

그들은 앞으로도 계속 친노 패권주의라며 모함하겠지요.

우리는 이제 그런 말에 휘둘리지 않을 겁니다.

오로지 국민의 뜻에 귀 기울이고 그 뜻에 따를 뿐입니다.

패권주의는 가당치도 않습니다.

국민의 분노와 외침은 거룩했습니다.

님의 신념과 가르침을 겸허히 받아들이는 우리는

이제 어깨 걸고 천천히 그러나 힘차게 앞으로 나아갈 것입니다.

분노와 좌절을 접고 희망과 용기를 품고서 말입니다.

님도 우리들을 보면서 흐뭇해 하시리라 믿습니다.

보고 싶습니다. 님!

언젠가 님 곁에 설 날을 기다리겠습니다.

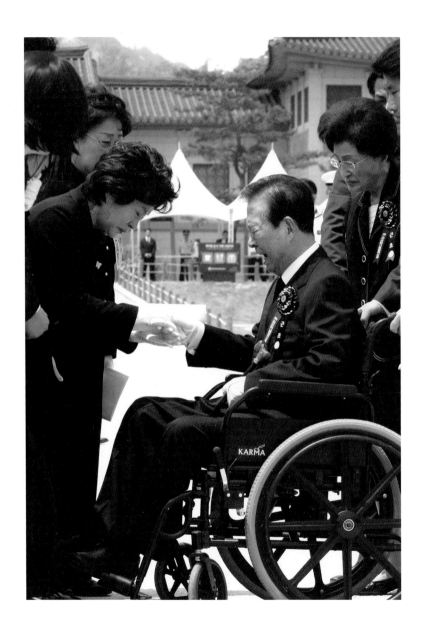

2009년 5월 29일 영결식(경복궁)

국민의 분노와 외침은 거룩했습니다.
님의 신념과 가르침을 겸허히 받아들이는 우리는
이제 어깨 걸고 천천히
그러나 힘차게 앞으로 나아갈 것입니다.

52.

어느새 님의 7주기입니다.

님은 떠나셨지만 매일 님을 찾아오는 발길이 끊이질 않는답니다.

7주기이며 70세가 되는 2016년엔 많은 일들이 있었습니다.

님을 찾을 수밖에 없었던 대한민국이 되었고

많은 분들이 다시 한 번

대한민국의 민주주의를 생각하고 고민하고 행동하는 해였답니다.

저 또한 님을 기리는 첫 다큐 영화 '무현, 두 도시 이야기'를

함께 기획하고 출연도 하면서 많은 분들을 만났습니다.

때론 눈물로 관객들과 인사를 나누고

때론 기쁨의 환호를 했고

매주 토요일 촛불을 들며 광장에 나서 민주주의를 외쳤습니다.

님을 다시 깨어나게 했던 2016년에 너무도 우연찮게

대한민국은 국민이 주도하는 새로운 역사를 만들어가고 있답니다.

님이 외치신 가치와 역사의식이 없었다면

생각도 못했을 일들이 지금 이 땅에서 벌어지고 있습니다.

이제야 님이 일깨우신 가치들의 소중함을 새삼 깨닫는 중입니다.

촛불을 들고 광장에 나온 사람들이

이젠 모두 님처럼 생각하고 고민하고 말하고 행동하고 있습니다.

2017년은 다시 한 번 승리의 역사를 쓰기 위해

많은 분들이 주인공으로 참여하는 한 편의 영화를 만들어가고 있지요.

님도 지켜봐 주실 거죠?

2016년 5월 23일 봉하 너럭바위

저의 보잘것없는 작은 시작,

오늘의 용기 있는 행동이 내일의 희망이 되고

결국 이것이 민주주의를 지키는 작은 불씨가 된다고 생각합니다.

이제 이 편지를 마무리하려고 합니다.

하지만 앞으로 현장에서도 계속 님에게 띄울 편지를 써가겠습니다.

사랑합니다.

고맙습니다.

그리고 보고 싶습니다.

부치지 못한 편지를 마치며

이렇게 한 장 한 장의 사진들을 보며

메모해둔 내용과 저의 기억을 두드리며 적어봅니다.

저에겐 특별한 기억력이 있는 듯해요.

님과 함께한 사진들을 보면 왜 이렇게 생생히 기억나는 거죠?

사진 속에서 느껴지는 님의 따뜻함은 아마 아무도 모를 겁니다.

사진 속에서 님은 저에게 뭐라 이야기하시는 듯합니다.

저는 타임머신을 타고 돌아가

동화책보다 더 흥미로운 님의 이야기를 듣습니다.

시간이 지나도 님의 이야기는 더욱 생생해집니다.

촬영을 하다 님의 얼굴만 보면 기분 상태가 보였어요.

때론 제가 부담스러웠을 텐데

그냥 가만히 참고 계시는 모습도 보였습니다.

장난 치고 싶어 하시는 모습도 보이고요.

그때 님 곁에서 더 많은 이야기를 나누지 못한 것이 후회될 뿐입니다.

하루하루 지나가도 님을 잊지 못하고 기억이 더욱 선명해지네요.

저보다 더 님을 그리워하고 사랑하는 분들이

주위에 엄청 많다는 것도 잊지 마세요.

그 분들에게 제가 조금이나마 위로를 대신 해줄 수 있을까 싶어

못 다한 이야기를 이렇게 사진과 함께 편지로 띄워봅니다.

많은 시간이 지나고 시대가 바뀌면 님에 대한 평가가 달라지겠지요.

성공한 대통령이라고요.

님은 성공한 대통령이었습니다.

님은 언제나 가슴 설레며 기억하고 싶은 대통령입니다.

단 한 명뿐인 우리들의 대통령이었고

사람을 진정으로 사랑한 대통령이었습니다.

잠들어 있는 시민을 깨어나게 한 대통령입니다.

님은 우리들 마음속에서 영원히 살아 있습니다.

님은 우리의 소중한 지도자였습니다.

대통령님, 촬영하겠습니다

초판 4쇄 펴낸날 2017년 5월 15일

지은이 장철영
펴낸이 이상규
편집인 김훈태
디자인 엄혜리
마케팅 김선곤

펴낸곳 이상미디어
등록번호 209-06-98501
등록일자 2008. 09. 30
주소 서울시 성북구 정릉동 667-1 4층
대표전화 02-913-8888
팩스 02-913-7711
e-mail leesangbooks@gmail.com

ISBN 979-11-5893-029-5 03810